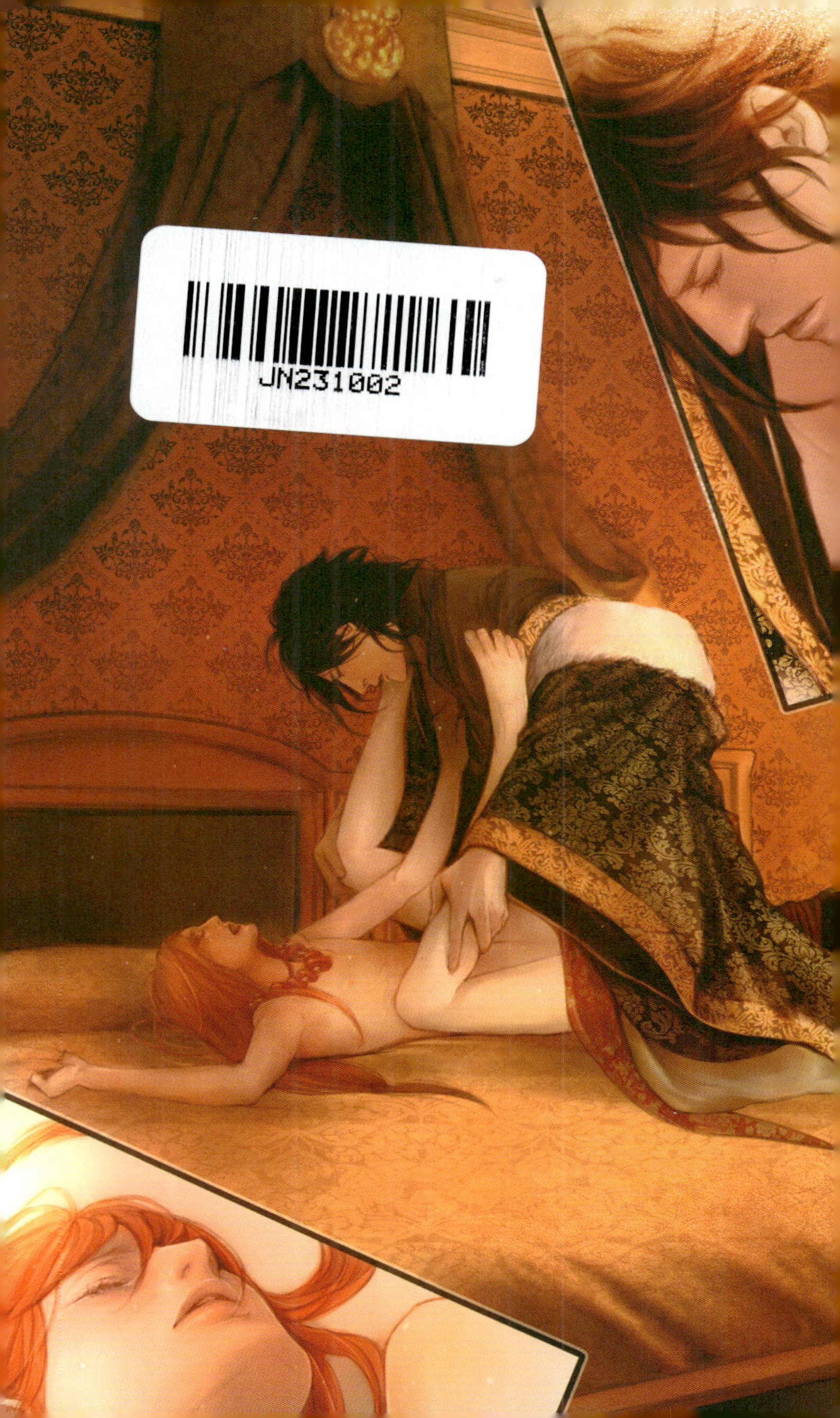

黒獅子王の隷妃《れいき》

SAKURA MAYUYAMA
眉山さくら

Illustration
小山田あみ

SLASH
B-BOY NOVELS

この物語はフィクションであり、実際の人物・団体・事件等とは、一切関係ありません。

CONTENTS

黒獅子王の隷妃《れいき》

プロローグ

叩きつけるような雨と強風に見舞われ、カラカラに乾燥していた荒野は、たちまちのうちにドロドロにぬかるんだ汚泥地帯へと変貌していた。

凜花《りんか》は重くまとわりつく泥に足を取られながらも、必死に歩を進める。

戦乱の火花散る、ディヤルジャン大陸。東の果てから大陸を横断し、凜花・エスレムは薬師《くすし》の父、民夫《たみお》とともに長い道のりを旅して、生まれ故郷である帝国の近くまで戻ってきた。

明日にはようやく目的地であるバルバロス帝国に到達する――という時、馬車を走らせていた二人を襲ったのは、雨も滅多《めった》に降らない乾燥地帯では珍しい大嵐だった。

凜花たちが乗っていた馬車も暴風雨と落石に遭《あ》いバラバラに壊れ、大切な家族でもあった馬も、気づけば姿を見失っていた。

「凜花…っ、大丈夫か!?」

「うん、平気だよ…っ」

父とはぐれぬよう手を握り締め、なんとか岩場に逃れる。荒れ狂う風雨から互いを庇《かば》うように身を寄せ合って、闇に閉ざされた視界の中、轟音《ごうおん》の鳴り響く恐ろしい夜を必死に耐《た》え忍ぶしかなかった。

――けれど、そんな悪夢のようだった嵐もようやく収まりはじめ、星空のほのかな光ととももに真っ暗だった視界が徐々に色を取り戻す。

それを感じた瞬間、緊張と不安、そして空腹や寒さにずっと耐えていた凜花の胸に安堵《あんど》が込み上げてきて、思わず瞳ににじんでしまった涙を慌てて腕で拭った。

「……嵐、もうこれで大丈夫かな……父さん、どう思う?」

凜花は少し腰を浮かして岩場から顔を出し、まだ黒い雲が覆う空を見上げながら父に問う。

けれど返事は返ってこなくて、父は背を丸めて微動《びどう》だにしない。

嫌な予感がして、凜花は父の顔を覗《のぞ》き込む。すると目は虚《うつ》ろで、小刻みに震えていることに気づき、青ざめた。

「父さん…っ、どうしたんだよ!?」

「り、凜花……」

焦《あせ》る凜花に、父親は苦悶《くもん》に歪めた顔を上げ、色を失った唇で、絞り出すように凜花を呼ぶ。

フードを外すと、泥水に混じった赤い血が父の衣服を染めて流れ出しているのが目に飛び込んできて、凜花は必死に父を呼び、身体を抱き締めた。

「父さん、すぐに手当てするから……! 待ってて…っ」

全財産を乗せていた馬車はバラバラに壊れ、なくなってしまったけれど、二人にとって命の次に大切な薬草や治療道具を入れた袋は、それぞれ二人の身体に結びつけていたから無事だった。

凜花は早く手当てをと、背負っていた袋を外そうと濡れて固くなった結び目を懸命に解こうとしたけれど、冷たい父の手がそれを止めた。

「……凛花、その薬は、お前が生きていくのに必要だ。私は、助からない。肋骨《ろっこつ》が何本か折れて、内臓を深く傷つけている。もう、どれほどの時間も、残されていないだろう……」

「………ッ」

父は国籍を持たない漂泊《ひょうはく》の自由民だが、博識で有能な薬師だ。怪我や症状の診立ても正確で人々に信頼されてきた。けれど……今回だけは、誤診であって欲しかった。

なのに出血はひどくなる一方で、凛花自身ももう父が手遅れであることが分かってしまい、凛花は自分のその考えを否定しようと気も狂わんばかりに首を振って父を呼び続ける。

「父さん、父さん。母さんのいるバルバロスはもうすぐだよ！　頑張ってくれよ…っ」

「凛花……私が悪かった、んだ。……嵐で荒れている時なら、バルバロスの、国境警備も手薄になっているだろうと、父さんが、強引に行こうと、したから……」

「そんな、父さんのせいじゃないよ！　頼むからもうしゃべらないで…っ」

咳き込む父親の口から血が飛び散るのを見て、零《こぼ》れ落ちていく命をなんとか繋ぎ止めようと父親の血を必死に拭う。

けれど急速に血の気を失っていく身体に、目の前が絶望で黒く塗りつぶされ、凛花の瞳からはこらえきれず涙があふれ出す。

「凛花、聞くんだ……今すぐ、ここから引き返して…、先日立ち寄った村の長に会って、雪蓮華《せつれんか》の薬草を買ってもらいなさい……彼は、私や凛花と同じ、東の果ての民の血が流れている……信頼の置ける人、だ」

母の病を治す。ただその目的のためだけに長い旅路を経て命《いのち》懸《が》けで採った薬草だった。それを売れと言う父の死への覚悟が胸に突き刺さり、凜花は父親の身体をかき抱いて泣いた。

「父さん、父さんっ！　だめだよ、せっかく苦労して手に入れた大切な薬。二人で母さんに届けるんじゃないか」

凜花は父の魂《たましい》が自分を置いて遠くへ旅立ってしまうのを引き留めようと、声を嗄《か》らして叫ぶ。

「……凜花……母さんの国、バルバロス帝国に入るのは……お前一人では無理だ。私が一緒なら、なんとか、忍び込む方法…も、あったが……子供一人では絶対に無理、だ……ッ」

「だからここで手当てしてさ、少しよくなったら近くの村で養生して、それから一緒に行けばいいじゃないか…！」

父の様子から絶望的なのは分かっていても、まだ奇跡を信じたかった。

「凜花……すまない。聞き分けてくれ。我らのような、国を持たぬ自由民は……奴隷にされて、死ぬまでこき使われる。……使いものにならなくなったら、獅子の餌にされてしまうんだ……。あの帝国は獅子が支配するという噂だ。引き返すんだ、今すぐ……いい、ね」

父親はもう目も見えないのか、空中に手を泳がせながら、それでも凜花の身を案じて懸命に言い聞かせる。

「嫌だっ。父さん、嫌だよ……！」

凜花は泣き叫ぶしかすべを知らない幼子のように、ただ父に縋《すが》り泣いていた。

苦しげな息がふいに穏やかになって、父親は淡く微笑んだ。

「これからも…、凜花と母さんのこと、見守って……いる、から……」

父親は最後にそう言い遺《のこ》し、やがて……静かに瞳を閉じた。

「……あ、あぁ……父さん、父さん…ッ」

凜花は冷たくなっていく父の身体を胸に抱き締め、泥の海と化した荒れ地に座り込んで、ただただ泣き続けることしかできなかった。

そうしてどれだけの時間が経《た》ったのか……東の空が白々と明け始め、凜花はハッとする。

緑の少ないこの砂と岩だらけの大地は、太陽が昇ればたちまち過酷な砂漠地帯となる。

父をこのまま野ざらしにはできない。早く埋葬してあげなければ。

凜花は手の甲で涙を拭き、よろよろと立ち上がると、バラバラに壊れて土砂に埋もれてしまっている馬車の残骸の中から鍋を見つけ出し、雨水を含んで重い土を掘りだした。

深く掘らなければと精いっぱいの力で掘っても、鍋では石くれの多い土砂は思ったように掘れない。父を埋葬してあげることさえ思うようにできない無力さに、凜花は泥と汗と涙でグチャグチャになりながら、それでも必死になって泥と格闘していた。

「――おい、お前っ。そこで何をしている！」

その時、突然、威丈高《いたけだか》な声が響く。

しまった、と思った時にはすでに遅かった。

恐る恐る振り返ると、体格のいい兵士たちが槍を持ち、凜花を睨《にら》みつけていた。

その後方には大勢の兵士や馬車が隊列を成していた。その馬上に掲げられた赤い三日月と黒い剣の旗印が目に飛び込んできて、凜花の心臓がギクリと嫌な音を立て、大きくはねる。

――――それは、バルバロス帝国の国旗。

この大陸全域では激しい覇権争いが繰り広げられ、強国は弱小国を滅ぼして領土を拡大し、勢力地図が次々と塗り替えられていた。だがそんな中でも隆盛を極めるのが、バルバロス帝国だった。

『バルバロス帝国の兵士に見つかれば、ただでは済まないから気をつけろ』

旅の途中、様々な国の人々や漂泊の民たちから、恐ろしい噂をいろいろ聞かされていた。

獅子が支配する地獄よりも恐ろしい国。そして……凜花の愛する母のいる国、バルバロス帝国。

よりにもよって、その帝国の大隊と遭遇《そうぐう》してしまうなんて。

「………ッ」

とっさに鍋を投げ出すと、凜花は父親に駆け寄りその身体の上に覆いかぶさった。

兵士たちになぶり殺しにされるとしても、父親の遺体をこれ以上傷つけさせたくなかったのだ。

「大きなどぶ鼠《ねずみ》かと思ったら、どうやら自由民のガキらしいな」

なんだなんだ、と兵士たちが駆け寄ってきて、凜花を取り囲んだ。

戦闘用装束の左胸と背中には、赤い三日月と剣のバルバロスの国章が誇らしげに輝いている。

遠征帰りらしい彼らの荒々しい雰囲気や、勝ち戦だったらしく妙に高揚《こうよう》した様子の兵士たちに取り囲まれ好奇の視線に晒《さら》される恐怖に、凜花の全身の血が凍りつき、意識が遠のきそうになる。

「どうやらこいつ、我らの帝国に続く神聖なるこの土地に遺体を埋めようとしていたらしいぞ……見ろ」

凜花の脇に落ちていたスコップ代わりの鍋と掘りかけの窪みを指差し、兵士が声高に言った。

「自由民の屍《しかばね》など埋められたら、この土地が穢《けが》れるってもんだ」

「このまま二人を串刺しにして、岩の上にでも放り上げておきゃあ、野犬かハゲワシが始末してくれるだろうぜ」

そんな無慈悲で恐ろしい言葉が飛び交い、凜花の心を冷たくえぐっていく。

兵士たちに突きつけられた鋭い槍先に息を呑み、凜花は父親の遺体を強く抱き締めた。

――ああ……ごめん、父さん……。

死を覚悟し、父親の亡骸《なきがら》を抱き締めて凜花はギュッと瞳を閉じた。

「――勝手に隊列を乱して、何をしている」

その時、ふいに雄々しく威厳ある声が降ってきた。

「……ッ、失礼いたしました！　こやつが我が隊の前方を塞ぎ、遺体をこの地に埋めようとしておりましたので、排除しようとしたのであります」

周りを取り囲んでいた兵士たちが一斉に直立不動の姿勢を取る。

突きつけられていた武器が引かれた気配に、凜花は恐る恐る顔を上げて声の主を見上げた。

頭に黒い布を巻きつけ、武装の下に身に付けた漆黒の長袍を強風にはためかせながら、白馬に跨《またが》った男性が凜花を見下ろしている。

彼がこの隊の指揮官なのだろうか。

猛々しさと気品を兼ね備えた精悍《せいかん》な相貌《そうぼう》、そして逞《たくま》しく引き締まった体軀《たいく》で、屈強な兵士たちの中でも際立った存在感を放っていた。

人の心の中まで見透かすような鋭い眼光で見下ろされて、凜花は兵士たちの荒々しさとは格の違う威圧感に総毛立つような畏怖《いふ》を覚える。けれど彼のその瞳に魅入《みい》られたように、目を逸《そ》らすことができなかった。

「アレクシオ様、そのような者など捨て置いてお進みくださいませ。あとは自分たちが始末いたしますゆえ」

兵士はまるで凜花の存在が高貴な指揮官の目に触れるのも穢らわしい、といわんばかりに、彼にこの場から離れるよう促す。

敵対するものには容赦なくする残忍さで知られるバルバロス帝国の兵を率いる指揮官なら、自分たちに対する処罰もどれほど苛烈《かれつ》なものだろう。

想像しただけで身体が小刻みに震える。それでも凜花は父親の骸《むくろ》の上に身を伏せてかばいながら、アレクシオと呼ばれた指揮官を仰ぎ見た。

まるで射貫《いぬ》くような鋭い視線に怯みそうになるのを耐え、まっすぐに見つめ返す。

人々の上に立ち、支配者として君臨《くんりん》することに慣れているのが分かる、傲岸不遜《ごうがんふそん》な表情。

泥まみれで這いつくばり遺骸を抱く自分と、馬上の高い位置から無言で見下ろす彼とでは、命の価値すら違うのだろう。

指揮官である彼の一言で、きっとこの命など簡単に消し飛んでしまう――

それでも、国の後ろ楯はなくともこの身一つで生きてきた自由民としての矜持《きょうじ》だけは、失いたくなかった。

「そこに横たわっているのは、お前の父親か」

「……っ、はい……」

低く凜と響き渡る声で問われ、心臓が痛いほどに脈打つのをなだめながら、凜花は答えた。

アレクシオは他の血の気の多い兵士とは違い、知性的な瞳をしていた。もしかしたら話せば分かってもらえるかもしれないと、凜花は口を開く。

「父は……昨夜の嵐で、大怪我をして……そのまま……ッ」

口に出すだけでつぶれそうに痛む胸を押さえ、せめて父のことだけは許して欲しいと凜花は必死に訴えようとした。だが、

「無謀《むぼう》な。激しい嵐の中、なぜ無理にこの厳しい荒野を渡ろうとした。さてはお前たち……不法に我が国に潜《もぐ》り込もうとしたな」

アレクシオは情に流されるどころか、鋭い洞察力で切り捨てるように言い切った。

「――……ッ！」

図星を指されたショックに、凜花の心臓がバクン…！　と大きな音を立ててはねる。

「我が国はお前たち自由民など決して受け入れぬ。――不法入国は死罪」

言いざまアレクシオは大振りの長刀を鞘《さや》から引き抜き、凜花の喉元に突きつける。

「あ、ぁ……」

やはりどうあがいても、死ぬ運命なのだ。

命がけの旅をして、あと少しだったというのに。母を救うこともできず、無念のまま死んでいった父の亡骸を葬ってあげることすらできず……ここで無様に死んでいくのか。

押し殺していた感情が胸に込み上げ、食いしばった唇からこらえ切れず嗚咽《おえつ》が漏れてしまう。

涙に濡れ、ぐしゃぐしゃに歪んだ凜花の顔をアレクシオは感情の見えない双眸《そうぼう》で見下ろすと、

「だが――その年でこの過酷な荒野を渡ってきた勇気に免じて、骸は埋葬してやる。去れ。今なら見逃してやろう」

そう言って、静かに長刀を引いた。

その言葉に兵士たちはざわめき、顔を見合わせる。

「その…、お言葉ですが、不法入国を企《くわだ》てようとした自由民を逃すなど……本気ですか？　ここで始末してしまった方がよろしいのでは」

「ここはまだ我が国ではない。ましてや相手はまだ子供だ。誇りある帝国軍が蛮族のような真似をするつもりか…？」

アレクシオがギロリと睨みつけると、進言した兵士はヒッ、と喉を引きつらせ、焦った顔で
「し、失礼いたしました」と告げて身を引いた。

「ハーリド、そこの岩陰に骸を埋めてやれ」

ハーリドと呼ばれたのは最初に凜花を威嚇《いかく》した大柄な兵士だった。

彼は「はっ」と頭を下げると、兵士数人に穴を掘るように命令する。

とにかく父がきちんと埋葬してもらえるのだと分かったとたん、痛いほど張りつめていた緊張が解けて、凜花は崩れるように泥の中に座り込んだ。

凜花一人では何時間もかかったであろう深い穴を、兵士たちは瞬く間に掘ってしまった。

そして父親の身体が白い布に包まれ土中深くへと埋葬されるのを見て、凜花は肩を震わせ、声を殺して泣いた。

こんもりと盛り土《つち》の出来た父の墓。

凜花は落ちていた馬車の木切れを墓標代わりに立て、父親がいつも頭に巻いていた布を結びつけると、祈った。どうか安らかに眠ってくださいと。

振り向けばアレクシオは馬上からその様子をじっと眺めていた。

昇りはじめた朝日を背にしたその神々《こうごう》しく雄々しい姿は、凜花の瞳に鮮烈な光となって焼きつく。

凜花は改めて彼に向き合うと、泥の中に両手をつき、頭を下げた。

「父を埋葬していただき、本当に……本当に、ありがとうございました」

礼を告げ、顔を上げる。すると見下ろすアレクシオの双眸に一瞬、苦しげな色が浮かんだように思えて、凜花は目を見開いた。

「……礼などはよい」

けれどすぐに彼の表情は固く引き締まり、厳しい声が凜花の上に落とされた。

「これで気が済んだだろう。さっさと立ち去れ。よいな」

アレクシオは手綱《たづな》を操り馬首の向きを変えると、そう言い残して隊列の中へと戻っていく。

「待って、待ってください！」

凜花は我を忘れて、その馬のあとを追いかけた。

「無礼者めが！」

追い縋ろうとする凜花の行く手を、槍を構えた兵士が遮る。

「お願いです。国境まででいいんですっ。どうか一緒に……！」

隊列の中にあってもひときわ目立つその姿に向かって凜花は声の限りに叫んだ。

「悪いことは言わん。子供といえど自由民である以上、帝国に入れば命の保証はない。アレクシオ様の慈悲に感謝するなら、すぐ来た道を引き返せ」

さきほどハーリドと呼ばれていた兵士が水と食料の入った革袋を凜花の足元に放り投げると、とどめを刺すような厳しい口調で言った。

凜花は力なくその場に立ち尽くし、動き出したバルバロス軍の隊列を見つめる。

白馬に跨った指揮官のあとに大勢の兵士たち、背中に大きな荷物を乗せたラクダの列、そして馬車が数台続いていた。

軍隊の長い列は朝日に赤く染まった丘陵《きゅうりょう》を下り砂漠を通りバルバロスへと向かうのだろう。

積み荷が重いのか、その行軍の速度は比較的ゆっくりに見えた。

凜花は少しの間その隊列をじっと見送っていたが意を決したように立ち上がると、手の甲で涙を拭いた。それから与えられた革袋を拾い、父親が持っていた薬も背中にしっかり結び付けると隊列のあとを追いかける。

夜は肌寒いほどに冷え込んだ大地も、強い太陽の熱を含みジリジリと熱くなってくる。

全身泥水に濡れそぼっていた衣服もたちまち乾いていく。

肌にこびりついた泥はポロポロと粉になって剝《は》がれ、みっともないまだら模様になっているけれど、髪の毛や衣服についた泥はますます頑固にこびりついて重く固まっていた。

自分が今どんなにみすぼらしい格好をしているか、凛花にはそんなことを顧《かえり》みる余裕すらない。

思いはただ一つ。

――なんとしてもバルバロス帝国に入りたい――

そして、誰にも見つからないように密かに帝国で待つ母を訪ね、父が命がけで採った薬草を渡すのだ。

――東の果てにある、最も天に近いと言われる霊峰の崖で咲くこの雪蓮華だけが、麻痺してしまった母さんの足を温め、血の巡りをよくしてまた動くようにしてくれる唯一の薬なんだよ。

父の声が、脳裏によみがえる。

皇帝や王妃しか飲むことを許されなかったという雪蓮華は高山の急峻《きゅうしゅん》な崖に育ち、強すぎる紫外線や空気が希薄な厳しい環境で、僅《わず》かな有機物と雪からの水分のみで育った薄桃色の美しい花だ。丹念に陰干ししたその稀少で高貴な薬草は、他の薬とは別に、油紙に包み布帯で大切に腹部に巻きつけてある。

父は折に触れて、「もしも私に何かあったらこの薬草を売って、村で静かに暮らして欲しい」

と言っていたけれど、父の苦労や苦しんでいる母を想うと、どうしても自分だけが安穏と暮らす気にはなれない。

馬車を追って、ただひたすらに歩き続ける。足が痛くなったり疲れで力が抜けそうになった時は、父の想い、母の希望が詰まっている薬草の重みと感触を手で確かめ、これを届けるまではどんなことがあっても生き延びて、なんとしてでもバルバロス帝国に入るんだと力を振り絞った。

しかし長時間隊列のあとをついていけば見つからないはずはなく、何度か兵士に槍や長刀で脅されて、もうこれまでかと覚悟をした。

「汚えなあ、しっし」

「おい、諦めの悪いやつだな。さっさと帰れ」

「好きにさせておけ。どうせ国境までついてきても、捕らえられて奴隷に売られるか処刑されてしまうんだ」

決死の覚悟を笑い、道中の退屈しのぎになるとからかう兵士たちの嘲笑《ちょうしょう》に耐え、凜花は懸命に行軍のあとに続こうとあがく。

高く昇った太陽は、昨夜の嵐で風雨に晒された荒れ地を厳しい乾燥地帯へと戻しつつあった。疲れと苛烈な日射しでときおり意識が薄れてしまうのを感じ、凜花は愕然とした。こんなところで倒れたら隊列から置いてけぼりにされるだけでなく、死を意味する。

凜花は意識が虚ろになりそうな頭を振り頬を叩き、ハーリドから与えられた革袋の水を飲み、デーツや乾燥肉を口に入れ、苦心して飲み込んだ。

――頑張れ、頑張るんだ凜花。母さんが待っているんだ。

旅の途中くじけそうになるたびにそう言って父が励ましてくれた。凜花はその言葉を胸の中で繰り返し、自分自身を励ます。

幼少の頃からずっと旅をしていたから脚力には自信があったのに。踏み締める砂は脆《もろ》く足元がおぼつかず、容赦なく照りつける太陽の熱が思考を奪っていく。

もうどれぐらいの距離を歩いたのだろう。だんだん足の感覚が失われていく。

母の家からは……湖が見えて、オリーブ畑もあると聞いた。ときどき父が話してくれた絵のような風景は、想像するしかないけれど、いつも色鮮やかに心の中にある。

――生きながらえて、一度この目で見てみたい……。

ふらつきながらも必死に歩いて、歩いて……なのに足取りはどんどん覚束なくなってきて、隊列がどんどん遠ざかっていってしまう。

やがて、気が遠くなり白くぼやけた景色が揺れて、肩や頬に熱い砂の感触があって……自分が砂漠の中で倒れてしまっていることを知った。

――待って……っ……待って、くれよ……！

遠ざかる隊列に向かって必死に叫んだつもりの声も、乾涸《ひから》びた唇からは熱い息音だけしか出なかった。

昏《くら》く霞《かす》む目で追ってみたけれど、隊列はゆらゆらと陽炎《かげろう》立つ中へと消えていく。

「あ…、あぁ……」

凛花は喉の奥で無念の呻《うめ》き声をあげた。

生まれてから今日まで十七年間、短いような……長かったような出来事が、薄れゆく脳裏に浮かんでは消えていく。

バルバロス帝国の女性と奴隷として囚われた自由民の男性との許されぬ恋が旅の始まりだったと知ったのは、凛花が物心ついたとき。難病に冒された母は帝国に残り父は凛花を抱いて薬草探しの長い旅に出た。

母を深く愛し続けていた父親は、何度も危険な目に遭いながらもようやく目的の薬草を見つけた、なのに……。

——父さん、ごめん。母さん……一度だけでもいいから、会いたかった——

凛花はカサカサに乾いた唇を震わせ二人に思いを馳《は》せる。

倒れた身体に熱風と砂が容赦なく吹きつけて、急速に意識が霞んでいく。

どれほど経ったのだろうか、耳元に風とは違う荒々しい息遣いが聞こえたような気がした。

『——だから言ったのだ……死ぬかもしれぬと分かっていながら、なぜついてきた……！』

——これは……あの、アレクシオとかいう指揮官の、声…？

焦燥感《しょうそうかん》とも憤《いきどお》りともつかぬその声色に、凛花は顔をほころばせる。

心配して、戻ってきてくれたのだろうか。

冷酷に突き放す彼が一瞬だけ見せた、どこか苦いものをこらえているようなあの双眸が忘れられなかった。

脅すような言葉も、思い止まらせるためにわざと告げたのだろうか——

けれど重い瞼を押し開けた目の前にアレクシオの姿はなく、視界いっぱいに真っ黒な影が覆いかぶさっていた。

……ああ、やっぱり夢か。

あまりに虫のいい幻想だと、凜花は自嘲《じちょう》する。

とうとう死神のお迎えが来たのだと、凜花はギュッと固く目を閉じた。

天国で父と会ったら、どうして引き返さなかったんだと叱られるだろう。そんなことまで思う。

けれど頬に荒い息がかかり熱い舌のようなものでザラリと舐められ、意識が引き戻されて
——凜花は再び目を開いた。

すると真っ黒な獣の顔が視界に飛び込んできて、凜花は驚愕に零れんばかりに瞳を見開く。

悲鳴は渇いた喉に引っかかって声にならず、ただ大きく胸を喘がせた。

真っ黒な毛並みと猛々しく広がるたてがみ、開かれた赤い口から覗く鋭く白い牙が禍々《まがまが》しく、恐ろしかった。

闇のような漆黒の毛並みの中に、太陽の熱を孕《はら》んだような赤味がかった琥珀色《こはくいろ》の目が爛々《らんらん》と輝いている。

見たこともない真っ黒な毛に包まれた大きな獅子。現実のものとは思えないのに、肉食獣の持つ獰猛《どうもう》な気配に圧倒され、目を逸らすこともできない。

少しの間があって、獅子はグァッと大きく口を開け凜花の腹部に牙を向けた。

野獣は柔らかな腹から食べると聞いた。どうせこのまま死ぬのだったら砂漠に屍を晒すよりも、この獣の血肉となった方がまだ救われる。

「いい、よ……僕を…食べても……」

凜花は声にならない息音でそう言うと、震える両手を伸ばし漆黒のたてがみを撫でた。

黒獅子は一瞬大きく目を瞠《みは》り、凜花の顔を睨みつけていたが、次の瞬間、ガッ！　と腹部に衝撃を感じ……そのとたん凜花の意識は急激に失われていった。

＊＊＊＊

ガタガタと身体が揺すられる感覚に、凜花はうっすらと目を開いた。

ぼんやりとした視界。頭も身体も砂を詰めたように重い。

それでも、軽快な馬の蹄《ひづめ》や軋《きし》む車輪の音に、馬車の中にいるということは分かった。

身体を起こそうとして、腹部の痛みにギクリとして息を呑む。

――ああ……あの黒獅子に噛まれたんだ……。

凜花は恐る恐る痛む箇所に手を当ててみた。けれど打ち身のような痛みは感じても、傷はなく血も出ていない。

それにひどく喉が乾涸びたようにカラカラだったのに、いつの間にか渇きを感じなくなっている。

あの時見た、闇のような色をした黒獅子はなんだったのか。

あれは、朦朧《もうろう》とした意識で見た白昼夢《はくちゅうむ》か、はたまた幻覚か。

ひょっとして、ここはあの世なのだろうかと、凜花は混乱した頭を振って、ゆっくりと身体を起こしてみる。

「あ……っ」

泥にまみれた衣服や腰に巻いた帯が破れ、禍々しい牙の痕がついている。

大型獣が嚙んだ痕。もしかして、あの黒獅子が咥《くわ》えてここまで運んでくれたのだろうか。

身体に巻いた母への薬草や、背中に背負った薬剤の包みが無事であることを確認し、ホッと安堵の息をついて荷物の木箱にもたれかかる。

辺りを見渡すと、四方を白い幌《ほろ》に囲まれた馬車の荷台のようだった。床には絨毯《じゅうたん》が敷いてあり、凜花は大きな木箱の荷物の隙間に押し込まれていたようだった。

前方の幌の隙間からわずかに見える太陽はだいぶ西に傾いている。

太陽に向かっているということは、この馬車はバルバロス帝国に向かっているらしいと分かる。

確認しようと立ち上がりかけた時、車輪が石にでも乗り上げたのか、ガタンと大きく馬車が揺れた。

「グォ…ッ！　ウゥ……！」

誰もいないと思っていた馬車の中に響いた不気味な唸《うな》り声に、凛花はビクリと身体を震わせる。

目の前には木箱が並んでいるだけだ。けれどその奥になにかいるのか、不穏な唸り声が漏れ聞こえてくる。

おずおずと立ち上がり、大きな木箱の向こう側をそっと覗いて……上げかけた悲鳴を、凛花は慌てて呑み込んだ。

そこには、干し草の敷かれた上に大きな獅子が二頭横たわっていたのだ。

あの時見た黒い獅子ではなく、薄茶色の普通の獅子だ。けれどなぜ檻《おり》もなにもない状態で獰猛な獅子を運んでいるのか。

凛花は目を大きく見開いたまま、腰から崩れるようにずるずると座り込んだ。

どうして自分が獅子と一緒の馬車に……？

もしも獅子たちの餌として馬車に入れられたのなら、意識を失っている間にとっくに食べられているはずだ。けれど獅子は動く気配もない。嗅覚《きゅうかく》の鋭い野獣だから、凛花の存在に気がついていないはずがない。

凛花は緊張と恐怖に激しく脈打つ心臓をなだめながら、冷静になれと自分に言い聞かせた。

『獅子はよほど空腹でない限り、威嚇はしてもむやみに人間を襲ったりはしないよ』

砂漠や荒野を長年旅していると様々な野生の動物に出会う。その都度《つど》父は凛花に対処法を教えてくれた。不意に出くわしたとき、目を逸らしてはいけない動物と、目を合わせてはいけない動物など。

木箱の向こうからは依然《いぜん》として荒い息と低い呻き声が漏れてくる。

その苦しそうな様子が気になって、凜花は大きく息を吸って激しく脈打つ胸をなだめ、勇気を出してもう一度木箱から顔を出して獅子たちを観察する。

「……ッ、ひどい……」

よく見ればたてがみの立派な獅子は前脚と脇腹から血を流していて、もう一頭の若い獅子は頭部と背に傷を負っている。

二頭とも簡単に包帯を巻かれただけで手当てらしい手当てがされておらず、出血もまだ続いているようで包帯ににじむ血は鮮やかな赤色をしていた。馬車が大きく揺れるたびに痛むのだろう、押し殺したような呻き声が凜花の胸を締めつける。

なんとかして、この獅子たちの痛みだけでも軽くしてあげられないだろうか。

自分がこうして生きていられるのも、あの黒獅子に助けてもらったからだ。そうでなかったら今頃……砂漠の砂に埋もれ、屍になっていただろう。

黒獅子に助けてもらった命だ。だったら、少しでも獅子たちの役に立てればいい。

凜花はそう決心すると、馬車の片隅に置かれている壺《つぼ》の水を汲《く》んで手を洗い、背負っていて無事だった荷物の中から薬の包みを取り出した。

獅子のような猛獣はさすがに初めてだが、ともに旅した馬が怪我をした時手当てしたり、旅先で家畜の治療を引き受けたこともあり、動物の手当ての仕方は熟知している。

警戒に耳を立てて凜花を見据える獅子たちを脅かさないように、父と二人で様々な国を巡りながら採取した薬草や鉱石から作った薬剤、液状にして煮詰め練った塗布剤などを手際よく用意すると、そっと近づき、獅子に薬を差し出す。

「大丈夫。これは、切り傷によく効く塗り薬なんだ。だから怖くないぞ」

緊張に渇く喉をなだめ、凜花は極力柔らかな声で獅子にそう言い聞かせる。

獅子たちは凜花が見せた薬を鼻をヒクつかせて嗅《か》いでいたが、危険なものではないと分かったらしく、低く唸り声を上げつつも攻撃しようとする様子はない。

慎重に獅子の背を撫でると、『苦しい』『痛い』というだけではなく、『寂しい』という感情が流れ込んでくる。人間でも猛獣でも傷を負ったまま放置されたら心細い。それに傷口が化膿《かのう》したり壊疽《えそ》を起こす恐れもあった。

「そうだよな……待ってろ、治してやるから」

凜花には、手のひらで生き物に触れると気の流れが分かるという特技がある。見た目だけでは分からない患部を探り当てたり、動物の感情を察知することもできた。複雑な人間の感情まではさすがに読めないけれど。

薬師の父を手伝う時も、凜花のこの特技が役立ったものだ。

左前脚の刀傷はぱっくりと開いていて、おびただしい血の流れは薄茶の毛を赤く染めている。凄惨《せいさん》な見た目に凜花は眉を寄せるが、幸い傷はそれほど深くない。槍で突かれたような脇腹の傷も内臓まで達していなくて、傷口をきれいに洗い炎症と止血の軟膏を油紙に塗って傷に張りつけ包帯でしっかり巻くと、獅子は警戒を解き静かになった。

ぐったりと横になった獅子の口に、鎮痛と解熱の丸薬を水と一緒に流し込んでやると、ゴクリと音を立てて飲み込んだ。口も怪我をしているのか血がにじみ、相当固いはずの牙の先も少し欠けている。

もう一頭の若い獅子も先輩を見倣《みなら》ってか、おとなしく頭部と背中の手当てをさせてくれた。

「痛かっただろう。じっと我慢して、偉かったな」

凜花は獰猛な獅子が自分を信頼して手当てさせてくれたことが心の底から嬉しかった。父の医療作業を手伝いながら長い旅を続けてきた苦労が少しは報われたような気がした。

これもあの時、黒獅子が自分を助けてくれたからだ。

雄々しいたてがみの真っ黒な獅子。あの黒獅子はどこへ行ったのだろう。

そんなことを思っていた時、突然馬車の前部の幌が開けられて、太陽の眩《まぶ》しさに一瞬視界が白くぼやける。

のっそりと入ってきた兵士の姿に、凜花は驚き慌てて隠れようとしたが狭い馬車の中では不可能だった。

「よう、どぶ鼠、気がついたか」

皮肉な笑みを髭面《ひげづら》に浮かべ見下ろしているのは、早朝父を埋葬してくれた兵士の一人、指揮官からハーリドと呼ばれていた大柄な男だった。

「起きたんだったら、もう自分で飲めるだろう」

そう言って男性は水の入った革袋を乱暴に差し出した。

「あ、あの、あなたが僕にお水を……？」

凜花は水を受け取りながら、おずおずと訊《き》いてみた。

「ああ、最初は息をしているのかどうかも分からんほど弱っていたんだがな、水筒を口元に持っていったらむしゃぶりつくようにして飲んだんだ。驚いたぞ」

「本当に、あなたのおかげで元気になりました。ありがとうございました」

苦笑するハーリドに、凜花は心から感謝して頭を下げた。

「なに、俺は命令通りに水を飲ませて寝かせていただけだ。礼を言われてもなあ」

そう言って彼は複雑な表情をすると顎鬚《あごひげ》をぼりぼりと掻いた。

「命令…って……」

自分を助けてくれたのは黒獅子だったと思ったけれど、あれは勘違いだったのだろうか？

――だから言ったのだ……死ぬかもしれぬと分かっていながら、なぜついてきた……！

ふいに、あの時聞こえてきた声が頭によみがえる。

誰が命令したのかハーリドに訊こうとした時、

「そうだ。さっきまでは傷が痛むのか呻き声が聞こえていたのに、えらく静かになったから様子を見に来たんだった」

ハーリドは思い出した、とばかりにそう言って獅子たちに目をやると、ほう、と唸った。

「これ、お前が手当てしたのか？」

「はい。人間用の薬草しか持っていないから、あくまで応急処置にすぎませんが……」

「いやいや、よくやってくれた。軍医は重篤《じゅうとく》な兵士たちにかかりきりだし、獣医は体調を崩していて今回の遠征に参加するのは無理だったしな。帰国するまで獣兵にはちゃんとした手当てをしてやれなかったんだ」

ハーリドが泥で固まった凜花の頭をくりくりと撫でた。

「……獣兵、って……？」

「ああ、この獅子たちも我々と同じ王に忠誠を誓った選《え》りすぐりの兵士だ。獰猛で気性は荒いが、危害さえ加えなければ王の命令がない限り襲ったりしない。安心しろ」

「そ、うなんですか……」

「ああ。……だがな、小僧。獣兵たちが襲わないからといって逃げ出そうなどと考えるな。しっかり見張っているようにと、厳命を受けているからな」

ハーリドが凜花の肩をつかみ、厳しい表情で念を押す。

獅子が戦闘兵士として討伐遠征にも同行するなんて、やはりバルバロスというのは恐ろしい国だ。それが獅子の国と恐れられている由縁《ゆえん》なのだろう。

自分をこの馬車まで連れてきてくれた漆黒の獅子が幻ではなかったのだとしたら、この隊の獣兵だったのだろうか。

『あのバルバロスは、獅子が支配する恐ろしい国だ』

父からそう聞かされた時は、強大な国ゆえに人が恐れるあまりそういった噂を流しているのだと思っていたけれど、幻のように現れたあの黒獅子、そして傷ついた獣兵を目の当たりにすれば、父が言っていたことは本当だったのだと改めて思い知って蒼ざめる。

それでも。唇を強く引き結び、固く手を握り締めると、凜花は覚悟を決めた。

たとえバルバロスがどれほど恐ろしい国であっても、もう自分には引き返すという選択はない。

ここまで来たからには、絶対に生き延びて母に会ってみせる。

「――ははは。今回もまた、民衆が大勢出迎えてくれているな」

物思いに耽《ふけ》っていた凜花は突然の声にビクリとして、我に返る。するとハーリドが嬉しそうに幌の隙間から外を覗いていた。

もう帝国に入ったのか。

凜花もそっと外を覗き見るといつの間にか西空は薄赤く染まっていて、大きなモスクや建築物のタイルが光を反射している。そして広い石畳の大通りの沿道には大勢の人々が隊列を出迎え手を振っていた。

街の風景を眺めながら、凜花は無事、帝国に辿り着けた喜びを嚙み締める。

薬草などを探しつつ、自由民でも受け入れてくれる山岳地帯や砂漠、寒村ばかりを旅してきたから、これほどの街や大勢の群衆を見るのは初めてだった。

けれど自由民である自分は、決して帝国に受け入れられることはない……その事実を思い出し、凜花の全身に緊張が走る。

自分にもっと体力があって馬車の後ろについてこられたなら、この群衆の中に紛れることもできただろうに。凜花は自分を見張るハーリドの髭面を見上げ、唇を嚙み締めた。

「太陽門《たいようもん》が近づいてきたぞ……ここが、我らが帝国の首都の入り口だ」

さらにしばらく走ったのち、ハーリドが前部の幌をめくって凛花に「見ろ」とうながす。

太陽門と呼ばれる巨大な門は、円柱に支えられた三つの入り口があり、真ん中の一番大きな門の扉はいつも閉まっているのだが、太陽王と呼ばれる王の直属である帝国軍の大隊が凱旋《がいせん》する時だけ開かれるのだと、ハーリドは説明した。

群衆の歓声が一段と高まり、前方に石造りの巨大な門が迫ってくる。

「あれは……っ」

中央門の大きな鉄の扉が左右に開かれて、今まさに白馬に乗った男性が頭に巻いた黒い布と長袍をひるがえしながら、茜色《あかねいろ》に染まった空の中へと駆け抜けて行くところだった。

一瞬だったけれど、その威風堂々《いふうどうどう》とした姿が凛花の目に強烈に焼き付いて離れなかった。

「どうだ。立派だろう」

ハーリドが晴れやかな笑顔で訊いてきた。

「……………ッ」

自分たちのように国を持たぬ自由民にとって悪魔よりも恐ろしいと噂されている、バルバロス帝国軍。その指揮官が自国の民衆に英雄として迎え入れられる光景は、苦々しいもののはずなのに……その勇姿にどうしようもなく心が踊った。

「このたびも先代王の喪《も》が明けて初めての軍事遠征、見事な勝利だった。獣兵たちも名誉の負傷ってヤツよ」

目を輝かせてそう語るハーリドから、彼がどれだけアレクシオに心酔しているかが伝わってくる。

指差された獅子たちは痛みが少しはましになったのか、うとうとと眠り出したようだ。

痛みに歪められていた表情が和《やわ》らいでいくのを見るとホッとして、心があたたかくなる。たとえそれが人間でも動物でも同じだ。

獅子の様子を見ていた凛花は馬車がぴたりと停まったのに気がついた。

「おい、着いたぞ。降りろ」

幌を大きく引き開けられて、ハーリドに強引に引きずり下ろされる。

「えっ……あ、あのっ、ここはどこ…ですか」

外を見渡せば、石造りの高い塀や建物にぐるりと囲まれた大きな広場になっていて、隊列を解いたばかりの兵士たちが思い思いにくつろいでいる。

「見れば分かるだろう、王宮の中。ここがアスラン・サライだ」

さっきまでとは違い、顔を引き締めて告げるハーリドに、凛花の身体からは血の気が引き、立っているのが精いっぱいだった。

『アスラン・サライ』――獅子の城と呼ばれる王の居城。この王宮に入って無事に出てこられた自由民はいない。

自由民の間でそう囁かれ続け、恐れられていた。

「バルバロス帝国内には多くの宮殿や出城《でじろ》はあるが、獅子の城と呼ばれるこの王の居宮は一番規模も大きく造りも複雑で警護も厳しく、まず抜け出すことなどできないぞ」

ハーリドは脅すように怖い顔で凜花に言い渡す。

その言葉通り、厳《いか》めしい門にもたくさんある建物の入り口にも大勢の兵が武器を持って立っており、その警護の厳重ぶりが見て取れた。

宮殿は随分《ずいぶん》と広く奥深くて、正面の建物のアーチ形の通路を抜け、噴水や花が咲き乱れる庭に出て、さらに奥の建物の間を通り柱列に囲まれた広大な庭に出た。

「この第三の奥庭から先に入れば、生きて王宮の外に出ることはできないぞ。せいぜい覚悟しておくんだな」

ハーリドの残酷な言葉に、心臓が凍りつく。

帝国軍に捕まって無事では済まないことは覚悟していたはずだった。けれどやはりいざその時が近づくと、怖くて怖くてたまらなかった。

「いずれ処罰の沙汰《さた》があるだろう。それまでここでおとなしくしていろ」

突き飛ばすようにして入れられたのは、複雑な建物の奥の小さな部屋だった。

乱暴にドアが閉じられ、鍵がかけられる金属音が凜花の胸に冷たく響く。

この寒々とした部屋が、自分の旅の終点になるのかもしれないと思うと、身体が小刻みに震え出す。

見回せば高い場所に鉄格子の入った小さな窓が一つだけあって、さっき見た夕焼け色が切り取られたように輝いている。

もう二度とあの広大な大地に立ち、雄大な朝焼けや夕焼け、神秘的な星空や朝露を含んで美しく輝く森、そんな厳しいけれど美しい景色の中に身を置くことは叶わないかもしれない。そう思うと涙があふれて止まらなかった。

こんなところで終わりたくない。命懸けでここまで来たのだ。なんとかしてここを出なければ。

必死に石造りの壁をよじ登り、小さな窓から抜けられないかと鉄格子を揺さぶったり、扉が開かないかといろいろ試してみたけれど……ただでさえ過酷な旅のあとで疲弊《ひへい》した体力はすぐに尽きてしまい……凜花は気を失うようにして冷たいタイルの上で倒れ込んだ。


ガチャリ、と鍵が外される音にハッと顔を上げた。

いつの間にか日が暮れてしまったらしく、部屋の中は暗い闇の底のように真っ暗だった。

重く痛む頭に顔をしかめつつも、のろのろと冷たい床から起き上がろうとした時、ドアが開けられる。廊下から射し込む灯《あか》りに凜花はドキリと身を固くした。

「おい小僧、まだ生きてるか」

燭台《しょくだい》を手にしたハーリドが兵士を伴《ともな》って入ってくる。

とうとう処罰される時が来たのかと、凜花は震えながらあとずさり、タイルの壁に張りつくようにして身を縮こまらせた。

「出ろ」

手にした槍を突きつけられて、凜花は必死に首を振る。

まだ死ぬわけにはいかない。せっかくここまで来たのに、母に会えないまま死ぬなんて……。

けれど兵士である彼の力に敵《かな》うわけもなく、抵抗もむなしく凜花は捕まり、容赦なくドアの外へと追い立てられた。

「王がお呼びだ。俺が案内するからついてこい」

「……王様、が……?」

自由民だけではなく、他国にも恐れられているバルバロスの王が、なぜ直々に自分などを呼ぶのか。ただただ恐ろしく、凜花は全身から血の気が引いていく感覚に見舞われる。

「まずは、王にお目通りする前に、その汚い身体を洗って着替えろ」

ハーリドが先に立って歩いていく。凜花は兵士に引きずられ、ふらつく足になんとか力を入れて彼の後に続いた。

柱ごとにランプが置かれている石造りの回廊を歩き、連れていかれたのは色彩豊かなモザイクタイルが美しい部屋だった。部屋の中央にある大きな浴槽から湯気が上がっていなければ、ここが浴室とは思えない。

「湯はたっぷりとある。汚れをきれいに落とすんだぞ」

ハーリドの太い声が浴室内に反響する。その声に押されるようにして恐る恐る足を踏み入れると、美しいタイルの床が自分の歩いたところだけ泥で汚れていく。

それを見た凜花は、急激に不安になってきた。

こんな贅《ぜい》を尽くした浴場で、どうして泥だらけの自分を入浴させてくれるのだろう。もしかして、処刑する前の最後の入浴ぐらい贅沢《ぜいたく》をさせてやろうという、せめてもの情なのだろうか……。

「ぐずぐずするな。その泥だらけの服は捨てて、籠《かご》に入れてある服に着替えるんだ。それから背負っている荷もあの布袋に入れておけ、いいな」

ハーリドは萎縮し立ちすくんでいる凜花を急《せ》かし、棚に置いてある竹籠と丈夫そうな織物の袋を指差すと、さっさと浴室から出て行った。

扉を締め、外から鍵をかける音が無情に響く。

広い浴室でしばらくためらっていたけれど、生まれて初めて……おそらく最初で最後となるかもしれない豪華な浴場で、泥と雨と汗で汚れた身体を清めさせてもらおうと、凜花は荷物を下ろすと言われた通り布袋に入れ、思い切って衣服を脱いだ。

太陽の熱でごわごわに乾いてしまっていた服は湯気で湿ったぶん重く、まるで鎧《よろい》を脱いだような心地だった。

そして腹部に布で巻きつけてある雪蓮華の包みを見下ろす。

荷物を返してもらえる保証はない。もし没収されてしまったら、命懸けでここまで来た意味がなくなってしまう。

凜花は布を解いて包みを手に取ると、指定された布袋ではなく、着替えの入った籠の中にそっと忍び込ませた。

頭に巻いていた布もボロボロで、土や埃《ほこり》で固まっていた長い髪の毛を指で解して梳《と》かす。

凜花は護符の入った胸飾りを外し生まれたままの姿になると、湯を汲んで何度も身体や髪の汚れを洗い流し、初めて使う匂いのいいシャボンで洗ったあと丁寧にゆすいだ。

湯の温もりで心と身体の強張りが解け、青白かった肌が艶やかに生気を取り戻し、長い髪の毛もさらさらと流れるように背に揺れる。

たっぷりの湯に浸かると、冷たく滞《とどこお》っていた血流が全身を巡り出し、身体がほんのり温まってくるのが分かる。

凜花はまだ戸惑いを感じつつも、棚に置かれた柔らかな布で身体と髪の毛を丁寧に拭き、着替えが入っている籠から雪蓮華の入った包みと布を手に取る。

けれど包みを身体に巻きつけるための布はひどく汚れていて、用意された衣装まで汚してしまいそうで、使うのをためらってしまう。

とりあえず包みを隠すのに使えるものはないかと籠から服を取り出し、それを両手で広げた瞬間――凜花はそのまま固まった。

純白の薄い生地に金銀の華やかな刺繍《ししゅう》が施された、どう見ても女物の長袍。それに白い下着が一枚だけしかなかった。

凜花はそれらを手にしたまましばし躊躇《ちゅうちょ》していたが、見回してもそれ以外に着る物はなさそうだと、下着を穿《は》き、裾に大きくスリットの入った長袍を身に着ける。

そして腰帯の間に雪蓮華の包みをはさみ、落ちないようにきつく締めた。

生まれてからずっと漂泊の旅人であった凜花にとって、こんなふうに肌にまとわりつくようななめらかで軽く柔らかな生地の服は初めてで、女性ものらしい華やかな衣装であるということも相まって、なんとも落ち着かない。

長い髪は邪魔にならないように、細い紐でゆるく結《ゆ》わえた。

いつもはわざと泥で汚し黒っぽい布を巻きつけ隠している髪の毛は、汚れを落とし乾かすと柔らかな光を含んだような明るい赤毛になる。

『凜花の髪は母さんと同じ色なんだ』

川や湖でたまに洗髪した時、父が髪を梳かしてくれながら嬉しそうだったことを思い出す。

だから母と無事再会できるまで髪を伸ばしていようと、腰丈の長さでずっと切らずにいたのだ。

「おい、どぶ鼠。ちっとは綺麗になったか」

遠慮のない声とともに乱暴にドアが開かれた。

「おっ……おぉ」

一歩足を踏み入れたハーリドが奇妙な声を上げ、その場に立ち止まったまま凜花を凝視する。

やはり間違った服を着てしまったかと、凜花は恐る恐る彼の顔を窺《うかが》った。

「その、籠の中にあった服はこれだけだったから……」

「ああ……」

ハーリドが忙しなく瞬きをする。

「この後宮《こうきゅう》には子供用の衣装はないからな。女物だがちょうどいいと思って……まあ間に合わせだ」

そう言って、何ともむず痒そうな顔で顎鬚を掻いた。

「で、でも……この格好で王様にお会いするのは、失礼じゃないでしょうか」

間に合わせとはいえやはり女物だと聞いて、凜花は困惑に眉根を寄せた。

「バカ言え。あのどぶ鼠の薄汚い姿で会う方がずっと失礼だろう」

そう言われれば反論できない。けれど薄布一枚の柔らかく揺れる衣服ではどうにも落ち着かなかった。

「王をお待たせするな。早くしろ」

ハーリドは我に返ったように言うと、浴室から追い出すように凜花を急かした。

「待ってください、まだ荷物が……!」

「あんな汚いずた袋、王の御前に持っていくな、馬鹿者。いいからさっさと来い」

ハーリドにそう言い渡され、強引に手を引かれる。

せめて雪蓮華だけは死守しなければ。包みをはさんでいる腰帯を押さえ、凜花はギュッと唇を引き結ぶ。

「王は遠征帰りでお疲れの上に、留守中に溜まった政務をこなされ、先ほどまで兵士たちの遠征の慰労をされたりとお忙しかったんだ。もう夜も更けたから、お前に会うのは後日にと申し上げたのだが、王は今夜ぜひとも会いたいと仰《おっしゃ》られてな」

ハーリドは愚痴《ぐち》を零しながら、歩いていく。

回廊を何度か曲がり、広間を通り、小部屋を抜けていく。どこまで連れていかれるのかと不安になって周りを見ても、天井は距離感が分からないぐらい高く、広く複雑な構造に方向感覚を狂わされてしまう。

「ここだ」

ようやく目的地に着いたようで、ハーリドは大きな扉の前で立ち止まり、そう告げた。

とうとう、自分の運命が決まるのだ。緊張と恐怖に空気が薄くなったかのような息苦しさに見舞われつつも、せめてなんとか話だけでも聞いてもらおうと覚悟を決める。

重々しく開かれた扉の向こうは広くあまりにも煌《きら》びやかすぎて、暗がりに慣れていた凜花の目は眩《くら》み、物を識別するのに少し時間を要した。

白い大理石の広い室内には驚くほど大きなシャンデリアがまばゆい光を放ち、室内のいたるところに置かれた金や銀の装飾品をさらに美しく輝かせている。

そして部屋の中央には重厚な織物と宝飾品で飾られた玉座があって、豪奢な飾りをつけ、黒い中着の上に鮮やかな赤地に金の刺繍の入った長袍を羽織った男性が腰を掛けこちらを見ていた。

「あのお方がアレクシオ・デミトリアス陛下だ。失礼のないようにな」

ハーリドに囁かれて、凜花はその男性を見つめた。

ただゆったりと座っているだけなのに、その野性的でありながらも高貴な雰囲気は離れた場所にいる凜花にまで伝わってきて、その圧倒的な存在感に息を呑む。

「何を呆けている」

聞き覚えのある声に、ハッと気づく。

――やっぱり、あの遠征隊を率いていた指揮官だ……。

荒野でもよく通った凛々しい声が、大理石の壁に反響してさらにクリアに聞こえ、凛花の胸を激しく震わせた。

「もっと傍《そば》に来て顔を見せよ」

さらに強く命じられ、凛花はおののく。

気高く凛々しい顔立ちは、早朝の冷気の中で見た指揮官の風貌となんら違いはないのに、その姿はあの時にはない厳《おごそ》かな空気と品格をまとわせて、玉座から見下ろしてくる。

凛花はハーリドに背を押されて部屋の中央まで進み、彼に倣い絨毯に平伏して額を押しつけた。

「王様とは存じ上げず……ご無礼をお許しください。それに父の埋葬の折にはお力添えをいただき、本当に……本当に、ありがとうございました」

震える声で、なんとか切り出す。

たとえこのあと、どのような処罰が下されるとしても、礼は礼としてきちんと気持ちを伝えたかったのだ。

「ハーリド、ご苦労。もう下がってよいぞ」

アレクシオが鷹揚《おうよう》に命じ、手を振った。

ハーリドは胸に手を当て深く礼をすると、静かに部屋を出て行く。

この豪華な広い室内には、王である彼と自分の二人しかいない。

とたんに緊張と恐れとが凜花の全身に圧し掛かり、そのあまりの重圧に絨毯に伏せている身体が押し潰されそうな錯覚に陥《おちい》る。

「顔を上げよ」

静かだが、支配者として君臨する者特有の迫力をもった声音に、恐る恐る顔を上げた。

「名はなんという」

「凜花。……凜花・エスレムと、申します」

問いかけに、凜花は頬を強張らせながら答える。

アレクシオは凜花の顔をじっと、何か探るような鋭い光を放つ瞳で見据えると、

「凜花か。汚れを落としただけで、随分と変わったな……東洋の血が入っているのは父を見たから知っているが、その髪の色は東の民のものではないな？　その紅い髪は、母譲《ゆず》りか」

鋭く核心を突く。

その黒々とした怜悧《れいり》な瞳に自分の隠し事など難なく見破られてしまいそうで、凜花は息苦しさに胸を喘がせながら唇を強く引き締めた。

「は…、母は……僕が生まれて間もなく、亡くなりました。ですから顔も覚えておりません」

嘘をつくやましさに、心臓がバクバクと激しく脈打つ。

「……そうか」

自分の言葉を信じたのか信じていないのか……アレクシオの表情からは何も分からない。それ

でも凛花は、胸に湧き上がる怯えを懸命に呑み込んで知らぬ振りを続ける。

「聞けば我が獣兵の手当てをしてくれたそうだな。応急処置とはいえなかなかに的確な治療であったと獣医から聞いた」

「いえ、とんでもないです。僕もあの日……どなたかに命を拾っていただきました。だから、あの獅子たちの手当てをすることもできたのです」

漆黒の獅子に助けられたなど、自分でもいまだに信じがたくて、とても口にすることはできないけれど。

「……ほう」

凛花の言葉に一瞬、アレクシオは虚《きょ》を衝《つ》かれたように目を見開く。けれど、

「だが、我が国への密入国は重罪。そう言い渡したにもかかわらず、お前は忠告を破った」

すぐに鋭い目つきに戻ると、厳しくそう言い放った。

「お前たち、国籍のない流れ者が無断で入国すれば処刑されるか、せいぜい奴隷として死ぬまでこき使われるかだと、仲間たちから聞かされていなかったか」

「……ッ、それ…は……」

最も恐れていた言葉をバルバロス帝国の国王本人から直接突きつけられ、凛花は全身から血の気が引くのを感じながら、自分を見下ろしているアレクシオを見つめる。

彼は国民や兵士たちの間では勇猛な王、太陽王と敬《うやま》われ慕われているが、その反面、敵国や自由民は人扱いしない残虐非道な王だと聞かされてきた。

「殺されるか、奴隷となるか……それを覚悟で密入国するほどのものが、この国にあるというのか？　お前が命を懸けているものとはなんだ」

アレクシオが険しい口調で問い詰めてくる。

その威圧感にさらされる恐怖に、凜花の背に冷たい汗がにじむ。

けれどたとえこの身が八つ裂きにされようとも、病弱な母を巻き込むことは絶対にできない。相手が国王であるならなおのことだ。もしも奴隷として捕らえた自由民の子を産んだなどと知られれば、母まで罪に問われることになるのだから。

凜花は服ごしに金細工の胸飾りを握り締めた。魔除けの紅玉と鈴がついたその胸飾りには、護符の入った小さな筒がついている。

いざとなれば、これを使うことになる……思いつめる凜花の震えを伝えるように、鈴がチリチリと小さく鳴った。

「そ…れを、申し上げることは、できません」

凜花は内心の怯えを必死で嚙み殺し、決して口を割らぬという覚悟を秘めて、すべてを見透かさんとする支配者の瞳を見つめ返した。

アレクシオの目が一瞬大きく見開かれ、それからゆっくりと細められる。

「……いい度胸だ」

呟きとともに、アレクシオの黒い瞳がシャンデリアの灯りを受けて、一瞬赤味を帯びた琥珀色に光る。

変化した瞳を目の当たりにして、凜花の心臓がドクン…！　と大きく音を立てる。

あの黒獅子と、同じ瞳の色だ。

アレクシオはクッと獰猛に笑うと、ゆっくりと立ち上がり、呆然《ぼうぜん》とする凜花へと近づいてきた。

華美な長袍に包まれたがっしりとしたその体軀から放たれるオーラに圧倒される。

「ッ…、あ、ぁ……」

王者の風格を帯びた優雅さと獰猛さを兼ね備えたその姿は、まるで獅子そのもの。

肉食獣さながらの気配をまとう彼を眼前にして、本能的な恐怖に襲われ、凜花はおののく。

そんな凜花を爛々と光る双眸で見下ろし、アレクシオは口元を吊り上げると、

「今日からお前は奴隷だ。俺専属のな」

先ほどまでとは違う、荒々しい口調で傲然《ごうぜん》とそう宣言した。

言い渡された言葉に驚愕し、目眩《めまい》に襲われる。

――この第三の奥庭に入ればお前はもう生きて外の世界に戻ることはできないだろう。

馬車から引きずり出され宮殿の奥に連れてこられた時、ハーリドから告げられた言葉が脳裏によみがえる。……それでも。

凜花は唇を食いしばり、王の顔を見上げる。

奴隷としてなんとか生き延びてさえいれば、いつかあの強固な城壁の外へ出る機会もあるかもしれない。母に会いに行く希望も、皆無ではないはずだ。

「分かり…、ました。なんなりとご命令ください」

凛花は決心して握り締めた拳《こぶし》に力を入れ、しっかりと顔を上げて王の視線を受け止める。

「ならば、ついてこい」

その言葉に満足げな笑みを浮かべると、彼は長袍をひるがえし大股で歩き出した。

素足の先が埋まり込む分厚い絨毯に足元をふらつかせながら、凛花はぎこちない足取りでついていく。

アレクシオのあとに続き、扉をくぐり部屋に入ったとたん、独特の空気と雰囲気を感じて、思わず足を止めて周囲を見回した。

部屋の片隅に置かれたランプだけが室内を仄暗く照らしていて、天蓋《てんがい》付きの大きなベッドが置かれているのが見えた。

なにがそう感じさせるのか見た目には分からない。けれどどこか懐かしく安らぐような、心の奥深くにあるなにかを掻き立てるような……そんな不思議な気持ちになるのだ。

「来い」

アレクシオがベッドに浅く腰を掛け、凛花を呼んだ。

先ほど大広間で見た王様然とした彼とはどこか雰囲気が違って見えるのは、部屋の空気のせいだろうか、それとも、頭に巻き付けていた布を取り、まとめていた髪を下ろしているせいだろうか。

少し長めの艶やかな黒髪が額に乱れかかり、自分を見下ろしてくる瞳がどこか熱を帯びているようで……恐怖によるものとは別種の緊張にドクン、と心臓がはねる。

「……はい」

凜花はひどく緊張しながら王の足元まで進み、その場に直立して次の命令を待った。

「誰が止まれと言った。ここだ」

アレクシオは自分が腰かけているベッドのシーツを叩いた。

「……え？」

凜花は示された肌触りのよさそうな絹のシーツを見て、それから彼へと視線を移した。

訳が分からず戸惑う凜花に、アレクシオはクッ、と笑うと、腕を強い力で引き寄せ、ベッドの上に押し倒した。

「お、王様…っ？」

凜花は驚きに目を見開き、焦りながら起き上がろうともがいた。

「意味を分かっていなかったか。どうやらそういった商売はしていなかったようだな」

彼は不遜《ふそん》な表情で凜花を見下ろしながら言うと、おもむろに圧し掛かってくる。

「………っ」

確かに自由民に伝わる特殊な舞踏で貴族たちを魅了し、寵愛《ちょうあい》される者たちもいるが、彼らは自分の舞いを磨《みが》き上げ、踊ることに誇りを持っている。

侮蔑《ぶべつ》混じりの台詞《せりふ》に、凜花はグッとアレクシオを睨みつけた。

「……いい目だ」

アレクシオは低く呟くと、獰猛に目を細めた。

高貴な顔立ちを裏切る野性味のあるその表情は、凜々しい風貌に猛々しさを加え、男の魅力を増した。

その雄のオーラに圧倒されると同時に、えも言われぬ魅惑的な香りに鼻先をくすぐられ、一瞬軽い目眩に襲われる。

「お前、いい匂いがするな」

顔を近づけたアレクシオがくんと鼻を鳴らし、凜花の頰から首筋、胸へと指先で辿りながら低く呟いた。

自分をからかっているのだろうか、魅惑的な匂いをさせているのは王のほうなのに。

――頭が、クラクラする……。

凜々しく端整な顔が間近にあるだけで、なぜか胸が痛いほどドキドキと跳ね落ち着かない。そのうえ衣服の上からなのに、アレクシオの長い指で触れられるだけで肌が熱を持ったように感じ、狼狽《うろた》える。

「そ……それは、先ほどお風呂に入らせていただいたので……」

湧き上がってくる妙な感覚を誤魔化《ごまか》すように、凜花は言った。

「そうではない。これはお前自身の匂いだ」

顔を上げたアレクシオに意外なことを言われ、目を見開く。

「草いきれや土の香り、熱砂の風の匂いがする」

「……っ」

思いもしなかった言葉に、凛花はきゅっと唇を引き結び、ますます身体を固くした。

自分では感じていなくても、生まれや育ちというものは誤魔化しようがないのかもしれないと、アレクシオの嗅覚の鋭さ本質を見抜く力の強さに息を呑む。

今日までの十七年間、薬草や薬木を採る作業に多くの時間を割《さ》き、気候のいい時は青草の上で眠り、砂漠の底冷えする夜は昼間に熱せられた砂を詰めた袋を抱いて眠った。炎天下でも冷たい水は飲まず、水瓶に入れて太陽の熱で湯にしてから飲んでいた。

そんな生活を繰り返してきた自分の身体には、草木の香りや土や太陽の匂いが強く染み込んでいるかもしれない。たとえ一回や二回、高級なシャボンで洗ったぐらいでは消しようのないぐらいに。

それでも、これが自分の生き方だった。

凛花は自分の身体を押さえつけ、真上から鋭い眼差《まなざ》しを投げかけている猛々しい男、この国の王である男を、精いっぱいの勇気を奮《ふる》い立たせて見返す。

アレクシオは凛花の視線を正面から受け止めると、フッと目を細めた。

「泥まみれの顔で俺を見据えた時も思ったが、その目がいい。それにお前の身体に染みついているこの匂い……俺にとって、香水などよりもずっと魅惑的な香りだ」

アレクシオは興奮にうわずった声で言うと、凛花の肌を覆っている薄絹を乱暴に剝ぎ取った。

「……っ、な、なにを……」

慣れた手つきで下穿きまでが取り去られて、羞恥と恥辱に声を震わせる。

自分みたいな男を相手に、いったいなんのつもりなのか。凜花は身体を震わせながらアレクシオを見やった。

自分の裸身を見下ろす彼の双眸が、ランプの灯りに照らされ濡れたような艶を含んでいる。その目で見据えられると奇妙に胸が騒いで、バクバクと壊れそうに心臓が脈打つ。

「俺専属の奴隷という意味を、今からこの身体にたっぷりと刻み込んでやろう」

残酷な言葉を口にしているのに、その表情はたまらなく艶っぽくて、その相貌につい魅入られそうになる。

有無を言わさぬ威圧感、身体だけでなく心までをも束縛する、その存在が怖い。

それでも。いくらこの身は奴隷に堕《お》とされようとも、決して心は屈しはしない。

逃れることは叶わないと分かっていても、凜花はそう胸に秘めてアレクシオを見上げる。

「強気だな。だがおとなしく諦めてしまうヤツよりはずっといい」

傲慢な台詞とともに圧し掛かられて、凜花は喉元までせり上がってくる恐れを懸命に呑み込んで唇を噛み締める。

どんなに手足に力を入れてみても、軽く体重をかけられただけでどうにもならない非力な自分が悔しかった。

「……それでこそ、征服しがいがあるというものだ」

アレクシオは凜花の抵抗さえも愉《たの》しむかのように、その大きな手のひらで包むように滑らかな肌を撫でる。

「…………っ」

「この胸飾り……紅玉がお前の白い肌に似合っているな。そうやって動くたびに鳴る鈴の音もいい」

護符の胸飾りをくれた父母のことを思い出し、凜花は涙ぐみそうになるのを懸命にこらえた。

アレクシオは無言のまま、凜花の身体をじっと見下ろしてくる。

そのあまりの視線の強さに、素肌がチリチリと焼けつくような錯覚さえ覚えて、凜花は息を呑む。

「細いがか弱くはない。しなやかな筋肉のついた、触り心地のいい身体だ」

呟く声がして、広げた手のひらで腰から太腿を辿り、ふくらはぎから爪先までの筋肉の流れに添いゆっくりと撫で下ろされる。

「あ、ぁぁ……っ」

ただ撫でられているだけなのに、肌がその動きに添って熱くなり痺れるような感覚が全身に広がっていく。

凜花は戸惑いながらその感覚を逃がそうと、眉をひそめ震える息を吐き出した。

「え…っ、な、何を…っ」

いきなり左足がつかまれ持ち上げられて、慌てる凜花を見下ろしながらアレクシオが顔を近づける。

熱い息がかかったと思ったとたん、足裏に舌が這わされ足指を一本一本口に含まれて、凜花は驚愕を超えて意識が飛びそうになる。

「や、やめてくださいっ。そんな…っ」

強国を誇り他国民からは悪魔のように恐れられている王が、自分の足裏を舐め足指を口に含むなどあり得ない。

凜花は悲鳴を上げ、逃れようとする。

「味見しているだけだ。内部の柔らかな肉を喰らう前にな」

アレクシオは獰猛に微笑《わら》ってそう言い放つと、見せつけるように右の足裏にも舌を伸ばす。

「んぁっ……ダメ、だ、こんな……あぁ……ッ」

草木の灰汁《あく》が染みた手のひらや泥と砂を踏み締めた足裏をこんな風にされたことなどなくて、凜花はくすぐったいような甘い痺れに身悶える。

「感じるだろう。長い年月、草を踏み砂を踏んだ足の裏は、強固に見えて、どこよりも敏感な場所だ」

まるでアレクシオの言葉を証明するかのように、彼の熱い息がかかり濡れた舌で舐められると、そこは薄い粘膜にでもなったみたいで、舌が這うたびに快感が沸き起こった。

気づけばアレクシオの舌は足裏から太腿へと這ってきて、痺れるような波は、ふくらはぎを伝い太腿を震わせて、両足の合わせ目に妖《あや》しい熱を蓄えていく。

「いい顔だ」

アレクシオは喉の奥でクッと笑うと、凜花の両手を胸飾りから引き剝がしシーツに縫い付けた。

顔が近づき熱い息がかかったと思う間もなく、胸の小さな尖りを唇で食まれて、キュッと強く吸われる。

「ひぁ……っ」

凜花はピクリと身体をはね上げ目を大きく瞠った。

胸の小鈴がチリリと震えるように鳴り、濡らされた胸の先が熱く痛むように疼《うず》く。

忙しなく胸を喘がせる凜花の顔を、アレクシオが覗き込んでくる。

黒々と艶めいた髪の毛が乱れ、強い光を宿す瞳、野性的な唇から赤い舌が覗いている。

それは、強烈な色香を放つ雄の貌《かお》だった。恐ろしいと思うのに、目は魅せられたように引き寄せられていた。

「胸を一舐めしただけで、その表情か」

感じすぎだろう、と意地悪く囁かれて、いったい自分はどんな顔をしているのだと、凜花は羞恥と困惑とで全身を真っ赤に染めた。

なのに悪戯《いたずら》な指は熱く疼いている胸の尖りを指先で摘《つま》み捏《こ》ねてきて、凜花は両足に力を籠めて湧き上がる妖しい感覚の種火を消そうと儚《はかな》い抵抗をした。

「俺に、もっといい顔を見せてくれ」

アレクシオは凜花を跨《また》いだまま起き上がると衣服を脱ぎ捨て、一糸まとわぬ姿になった。

「…………っ」

ランプに照らされた裸身を堂々と眼前に晒されて、凜花は息を呑み瞬きするのさえ忘れていた。

日に焼けた肌は滑らかで、厚みのある肩から胸、腹筋と、引き締まった筋肉に全身が包まれている。

そして、いやでも目に入る彼の男性器はもうすでに隆々と天を仰いでいて、その猛々しく逞しい昂《たか》ぶりは同じ男同士だと思っても直視できず、思わず目を逸らしてしまう。

逸らした視線の先のタイル壁に、床に置かれたランプの炎が揺れるたびにアレクシオの影が大きく揺らぎ、彼の動きに合わせて歪み妖しく不思議な空間を作り出していた。

「他のことに気を取られるとは、余裕だな」

「ひぁ…っ！　くぅ……ッ」

咎《とが》める声と同時に両足を大きく割り広げられ膝をぐいっと胸につくまで押し上げられて、秘められるべき恥部が、アレクシオの目に晒される。そのあまりの恥ずかしい姿勢に凜花は悲鳴を上げた。

「身体の奥にまで俺の証《あかし》を刻み付けて……俺のことしか考えられなくしてやろう」

これからなにが行われるのかを知らしめるように、ぬるりとした液体が双丘の狭間《はざま》に垂らされて、その感触に息を呑む。

男同士の交わり方もあるのだとは、酒に酔った男たちの猥談《わいだん》で聞いたことはある。あるけれど……まさか自分の身に降りかかってくるなど、思いもしなかった。

そんな凜花の甘い考えを打ち砕くように、アレクシオの指がぬめりをすくうようにして後孔の周りを撫でてきた。

「ひぁ……っ」

ぬるぬると窄《すぼ》まりの縁を撫でられてむず痒いようなくすぐったいような変な気分になってきた時、グイッと長い指が挿《さ》し込まれて、身体の中を押し開かれる感覚に、身体が大きく跳ねた。

ようやく違和感が薄れてきた、と思うとその指が二本、三本と増やされて、身体の中を蠢《うごめ》くように掻き混ぜられる。グチュグチュと室内に響く淫猥《いんわい》な音に、耳まで犯されていくような錯覚に陥った。

恥ずかしさに煩悶《はんもん》する思いとは裏腹に、繰り返される愛撫にだんだん自分の内部が柔らかくとろけてきて、彼の指に絡みついていく。

「んぅっ……んあぁ…っ！」

探るように曲げられた指に内壁を擦り上げられ、突然、痺れるような愉悦が下腹部に沸き起こり、凜花は思わず声を上げた。

「ここか、お前のいいところは」

「んんっ！　し、知ら、ない……くぅ…っ、こんな……ッ」

アレクシオに低く囁かれ、凜花は狼狽えた。

けれど何度かやわやわとその部分を擦られ責められていくうちに、凜花の中心はいつの間にか硬く勃ち上がって露を零すほどに熱く昂ぶっていた。その淫靡《いんび》なさまが視界に入り、羞恥に頬が熱くなる。

「主人より先に達《い》こうとするとは……躾《しつけ》が必要なようだな」

アレクシオはそう言って脱ぎ捨てた衣服の中から丸い翡翠《ひすい》のついた飾りひもを手に取ると、戒《いまし》めるように凜花の陰茎に巻き付けた。

「ひぁ…っ、んあぁ……お、王様……ッ」

そのまま内部に潜り込まされた指を蠢かされ、さらに昂ぶりまで擦り上げられ、沸き上がり泡立つような強い快感に達しそうになる。けれど根本をきつく縛られて遮られ、凜花はアレクシオの腕にすがりついて訴える。

「……達かせて欲しいか？」

指の動きを止め、アレクシオが訊く。

凜花は何度もがくがくと頷《うなず》きながら、すがる思いでアレクシオの顔を見つめた。

「密入国の理由を言えば、考えてやらなくもないが……どうする」

「ッ……！」

屈辱的な姿勢を取らされたまま尋問のような言葉を投げつけられて、凜花は屈辱にまなじりを上げ、彼を睨みつける。

「まだそんな目ができるとはな……面白い」

「くうぅ……っ」

言いざま、蜜を零し苦しいほどに張り詰めた欲望をきつく擦り上げられて、その刺激に身体が小刻みに震えた。

それでも凜花は首を横に振り、絶対に言うものかと唇を食いしばる。

絶対に、母を巻き込みたくない。

最悪、捕まった以上は処刑されることも覚悟していたのだ。このくらいのことで音《ね》を上げていては、これから先、奴隷として生き延びていくことなどできない。

アレクシオは心の内を覗き見るかのように凜花の顔を眺め、フッと片頬を歪めた。

「まあ……いずれは吐かせてみせよう」

獰猛な笑みを浮かべ、かすれた声でそう告げたアレクシオは、まるで小動物を弄《もてあそ》ぶ獣のようで……凜花は唇を噛み締める。

アレクシオは身体から力の抜けた凜花の両足首を持つと、膝が両脇のシーツにつくほどさらに深く折り曲げた。

身体を二つに折り畳むようにされ足を大きく開かれて、秘部に恐ろしいほどの質量を持った昂ぶりを押し当てられる。

「ああ、やぁっ。む、無理だ……そんな……！」

さっき目にした猛々しく昂ぶっているモノが自分の中に入ってくると思っただけで、本能的な恐怖が這い上がってくる。

「こんなことで音を上げていては、俺の相手は務まらんぞ」

恐ろしく傲慢な言葉と同時に、いたぶるようにじわりと昂ぶりで後孔を押し拡げ、中へともぐり込ませていく。

凜花は息苦しさに喘ぎながら、込み上げる恥辱と怯えに打ち震える。

「あぁ――……ッ！」

アレクシオの昂ぶりに身体を穿《うが》たれ、凜花は思わず悲鳴を上げた。

それでも容赦なく強靭《きょうじん》な楔《くさび》でその形に押し開かれる重苦しい痛みと圧迫感に、凜花は空気を求めるように薄い胸を喘がせた。

時間をかけ、ようやく凜花の身体の奥の奥まで納め切ったアレクシオが満足げな吐息を漏らす。

「どうだ……これが、奴隷として主人を受け入れるということだ」

彼の低く響く声も肌にかかる熱い息さえも、鋭敏《えいびん》になっている神経を刺激して凜花を苛《さいな》む。

「んあぁ……くぅっ」

圧倒的な熱量で自分を貫き支配する彼の欲望に、凜花も震える息を吐き出した。

自分の身体の中に他人の、それも同じ男性の肉体を受け入れてしまうなんて。その背徳的な行為におののき、凜花は胸の護符を強く握り締めた。

「……柔らかいのに、痛いほど締めつけてくる……たまらんな」

アレクシオがかすれた声で囁きながら胸の小さな尖りに舌を這わせた。

「あ、ぁ……動かないで、ください…っ」

苦しいのに。徐々に内壁を刺激されるたび甘い痺れが走るようになり、凜花は小さく声を上げた。

「怖いのか？　男の欲望を受け入れはじめている自分が」

囁かれ、じりじりと腰を動かされ、凜花は必死に首を振る。けれど体内の秘められた奥深くに疼くような熱を感じ、それを追い払おうと眉を寄せ、歯を食いしばって込みあげる衝動を抑える。

「発情した俺の匂いは牝の本能をかき立てるらしいが……男にも通用するのだな。しかもお前はとびきり敏感なようだ」

「くぅ……んんッ！」

昂ぶりで内壁を大きく突き上げられ、瞬間走り抜けた強烈な感覚に、たまらず背をしならせて固く目をつぶった。

「目を閉じるな」

支配者然とした口調で命令されて、自分の感情や感覚を暗闇の中に逃がすことも叶わず、凛花は睫毛《まつげ》を震わせながらゆっくりとまぶたを開く。

すると間近に迫ったアレクシオの顔があった。黒々とした髪が額に乱れ落ち、その隙間から情欲をにじませた瞳が見下ろしているさまを見て、その禍々しいほどの色気にゾクリと背が震えた。

「口先でいくら拒もうとも、この身体は俺を受け入れて悦《よろこ》びを覚えはじめているぞ。……分かるだろう」

体内の奥深くまで穿たれたアレクシオの熱が蠢くたび、凛花の身体はひくひくと痙攣《けいれん》する。その刺激によってもたらされる疼きと熱に煩悶する凛花の反応を楽しむように、彼は腰を動かしていった。

「そ、そんなの…、し、知らな……ぁあっ」

熱く太い楔で何度も何度も最奥《さいおう》まで突き入れられ入り口まで引き抜かれ、刺し貫かれたまま大きく腰を回されて、感じていた妖しい感覚がだんだん強くなってくる。

痛いほど勃ち上がった凜花の欲望も、アレクシオの硬い腹筋に擦られ刺激され、やがて露を含み出す。

あまりの激しさに息をすることもままならなくて、凜花は中にこもる熱を逃がそうと口を大きく開けた。

「んうっ……ぅ」

その口をアレクシオの唇で塞がれて、慌てて閉じようとした歯列を割るようにして分厚い舌が入り込んでくる。

強靭な舌に口蓋《こうがい》を舐められ頬の粘膜をくすぐられて、唇や口内でも妖しい感覚の種火がくすぶりはじめていることを知らされる。彼の舌は巧みに蠢き、奥に縮こまっている凜花の舌を搦《から》め捕《と》った。

「ふ…ぁ、くぅ……んんっ」

息もままならないまま舌を搦め捕られ引き出され、強く吸われて、その刺激にもたらされる愉悦におののく凜花に、煽られるようにして体内を穿つアレクシオの動きも激しくなっていく。

引き攣《つ》るほどきつく感じた内膜もいつしか潤い、アレクシオの動きに合わせて収縮し絡みつきさらに奥へと誘い込むように蠢いている。

くちづけを解かれても、身体の奥に沸き起こる痺れるような快感は募るばかりで、凜花は唇を震わせた。

アレクシオにがっしりと腰をつかまれて、身体の最奥へと熱い楔を突き入れられるたびに、鋭い快感の波が押し寄せてくる。

生まれて初めて知る愉悦に身体が燃えるように火照《ほて》って、苦しい。

柔らかく熟《う》れてきた内壁をアレクシオの大きく張り出した部分で擦り上げられて、絶え間なく湧きあがる快感が背筋を駆け抜け、凜花の脳髄を痺れさせていく。

「や、あぁ…っ、あっ、取って、これぇ……ッ」

募るばかりの欲望が塞き止められ、放出したくともできぬ苦しさに凜花は胸をあえがせ、身をよじって訴える。

「ッ……その顔……無自覚なのか？　まったくたちが悪い…っ」

唸るようにそう言いながらも、アレクシオは凜花の昂ぶりに巻き付いた飾りひもを解き、強く腰を突き上げてきた。

「んあぁ……ッ」

アレクシオの力強い突き上げに凜花の身体ががくがくと揺れ動き、耐え切れず、ビクビクと身体を震わせながら白濁を放った。

男に、しかも蹂躙《じゅうりん》されるように犯されて……どうして、こんな。

自分の信じられない身体の変化に、恥辱といたたまれなさに全身を朱《しゅ》に染めながらも、まだ中は不随意《ふずいい》に蠕動《ぜんどう》していてアレクシオを捕らえて離そうとしない。

「……そうきつく、締めるな。抑えられなくなる……ッ」

そう囁く声は低くかすれ、吐く息も熱く荒くなって、彼はきつく眉を寄せ、凜花に挑みかかってくる。

「ひぁ……っ！　む、無理、です…っ。もう……ッ」

達したばかりで弛緩《しかん》している身体をなおも責め立てるように腰を打ちつけられ、敏感になっている内壁をさらに擦り立てられて、凜花は苦痛と紙一重の快感に悲鳴を上げる。

「ッ…、クソ…っ。なぜ、お前は俺をかき乱す……ッ」

そう言いながら腰を回し緩急《かんきゅう》をつけ律動するアレクシオの熱に引きずられるように、凜花の身体も再び熱くとろけていく。

「あ……っ」

陶然《とうぜん》となった凜花の頭の中に、ふいにどこか苦しげな声が聞こえてきた。

『――俺を、怖がるな』と。

その声に応《こた》えるように、凜花の内奥は無意識のうちに身体の奥深くまで受け入れた彼の熱い肉塊をきつく締めつける。

「………ッ」

その瞬間、アレクシオが喉奥で低く唸り声をあげ、凜花の身体を強く抱き締めながら身体をぶるりと震わせる。

「ッ……グォ…ウゥ…ッ！」

震えはやがて抽送《ちゅうそう》の律動と重なり凜花の中を激しく攪拌《かくはん》して、ますます愉悦の度合いを深くしていく。

「……あ、あぁ……ッ」

凛花はアレクシオの様子が変わったのを感じ、驚愕に目を見開く。

目の前でアレクシオの漆黒の髪の毛がざわざわと立ち上がり、みるみる顔の周りを取り囲んでいったのだ。

――まるで獅子のたてがみ……みたいだ。

そう思ったとたん、アレクシオの身体が頭部から肩、胴体へと黒く変化していく。

「な……!?」

目の前で起こっている現象に驚愕し、思わず逸らした視線の先。壁いっぱいに映しだされた大きな獅子の影に、凛花の喉がヒュッと鳴った。

目視《もくし》しなくとも分かる獰猛な獣の感触と異様な気配。耳元に熱い息がかかり獣の顔が迫る。

「ぁ……っ」

真っ黒な毛並みに漆黒のたてがみ、大きく開いた赤い口と鋭い牙。

『あの帝国は獅子が支配する恐ろしい国だ』

父親が死ぬ時に言っていた言葉がよみがえる。……それは、本当のことだったのだ。

今にも引き裂かれそうな鋭い牙とがっしりとした脚の禍々しい爪に身震いしながらも、凛花は見覚えのある赤味を帯びた琥珀色の目を見つめた。

軍の隊列についていけず砂漠で死にかけていた自分を助けてくれた真っ黒な獅子。その黒獅子と同じ色の双眸を持つバルバロス帝国の国王。

その瞳をじっと見つめていると、軽い目眩を起こしたように頭の芯が痺れるのを感じていた。

くちづけされた時に感じた、本能を刺激するような芳醇《ほうじゅん》な匂いが一段と強くなって、まるで身体全体に蜜をかけられたかのようにトロリと重くなり、深い快感だけが身体全体を支配している。

「……お、王…様……？」

身体に直接感じ目で見ているのに、凜花にはまだ現実と思えず混乱したまま震える手を伸ばして黒獅子の艶やかなたてがみに触れた。

『俺が…、怖くないのか』

アレクシオの声が獰猛な獅子の喉から聞こえてくる。

「……驚いた、けど……でも……あなたはあの時、僕を救ってくれた黒獅子…なんでしょう…？だから……」

怖くないです——そう答えた瞬間、口にした言葉を身体に取り込まんとするかのように、アレクシオに深くくちづけられる。

あの時聞いた彼の声は、そしてあの時見た黒獅子は幻ではなかったのだ。

なにより、触れたところから彼の叫びが伝わってくる。

『俺を怖がるな』『俺から逃げるな』と——

熱砂の中で死を覚悟したあの時と同じ感触に……凜花はその琥珀色の瞳を見つめたまま、そっと両手で黒獅子の背を抱き締めた。

『ッ……！』

黒獅子がブルリと身体を大きく震わせた。

身体の中心にはアレクシオの熱い昂ぶりが挿入されたままで、がっしりと大きな四肢で凜花の身体を庇うようにして、巨躯《きょく》の体重をかけないようにしながら腰を打ちつけてくる。

「あっ、あぁぁっ……」

黒獅子は律動を大きく激しくして、凜花の中を掻き混ぜ捏ね上げて、一度達しているはずの身体にまた恐ろしいほどの快感の波が押し寄せてくる。

ザラリとした長い舌で胸の先を何度も何度も舐められて、唾液に濡れた小さな膨《ふく》らみがジンジンと疼き出す。

凜花の細身の身体がアレクシオの頑丈な肉体に組み伏せられ激しく打ちつけられ揺り動かされる。それでも、強靭でしなやかな肉体の内部は柔らかく熟れ、彼をどこまでも深く受け入れ包み込んでいく。

「あ、ぁ……」

まだ気持ちが追いついていないのに、アレクシオを深く咥え込んだ自分の身体がどんどん熱く昂ぶっていくのを感じて、凜花は混乱したまま救いを求めるように霞む目でアレクシオを見つめた。

「ク……ッ」

彼も愉悦を感じているのだろうか。切なげに目を細め、喉奥で低く呻きながら荒い息を吐き、さらに律動を激しくしていく。

「ぁ……っ」

なぜか自分たちを取り囲んでいる空気が変わってきたように感じて、凜花は小さく声を上げた。とろりとした濃密な空気が絡み合う二人の身体にまといつき、先ほどから感じていた魅惑的な匂いがさらに濃くなって凜花の中に沁みてくる。

『……ふっ』

黒獅子がたまらない、というように荒い息を吐きながら、凜花の胸で薄赤く色づいている膨みに牙を向けた。

「あ、ああっ、……やっ！」

鋭い牙の先が敏感になっている胸先に触れて、今にも薄い皮膚が突き破られそうな恐怖を覚え悲鳴を上げる。

なのに……、荒い息とともに固い牙で尖りの先を弄ばれ、ザラリとした舌で舐め転がされて、湧きあがる被虐《ひぎゃく》的な危うい快感に、凜花の身体の芯が熱くとろけていく。

「ああ、……王、さまぁ……っ」

身体の奥を狂暴な灼熱で掻き回されながら、長い舌や牙で強く弱く感じる部分を責められて、与えられる強烈な悦楽に、凜花の僅かに残っていた理性も飛んでしまう。

「……あぅ、…もうっ、……もぅ、……んうぅっ」

凜花は感じるままに甘い声を上げ、手に触れる荒々しく逆立った毛並みを抱きしめながら、何度も何度も高みへと昇りつめていく。

「……グォォ…ッ…ウゥ！」

アレクシオの呻きか獅子の咆哮《ほうこう》か……室内に重く響かせ巨軀を激しく震わせて、彼も凜花の体内深くへと白濁を放った。

あまりの衝撃と快感に、凜花は意識が朦朧としながらも、艶やかな毛に包まれた黒獅子の胸にすがりつく。

凜花も再び達し、きつく背をしならせる。その拍子にチリリ…と胸で震えるように鳴った鈴の音を最後に、意識を手放した――

凜花――これからも…、凜花と母さんのこと、見守って……いる、から……。

「父さん…ッ」

血を流す父の姿に、凜花は悲鳴を上げて飛び起きる。

――するとそこは、あの荒野ではなく、王の寝室だった。

ひどく汗をかいている。身体には衣服を着けておらず、護符の胸飾りだけがチリリと揺れていた。

まるで酸素の薄い東の果ての霊峰へ雪蓮華を採りに必死で登ったときのように頭が重く身体も痛い。目を開けているのがつらくて、きつく目を閉じ肩で荒い息をする。

やがて脳裏に浮かんできたのは気高くも雄々しいアレクシオの顔、そして猛々しく獰猛な黒獅子の姿だった。

そのとたん、教え込まれたばかりの妖しい疼きが、身体の奥深くにまだ残っているのを感じ、慌てる。

知らなかった愉悦を心と身体の深くに植えつけられ、あんなにも悦び乱れて……最後は黒獅子へと変化したアレクシオに強くしがみつき歓喜の声を上げていた。

与えられたとろけるような快感……思い出すだけで身体が反芻《はんすう》するように熱を帯び疼き出す。快楽に弱い自分が浅ましく思えて、凜花は唇を噛んだ。

パンパンと頬を叩いて自分に活を入れ、呼吸をゆっくり整え身体の熱を逃がしながら、もう一度目を開けた。

彼のことをいつまでも引きずっているわけにはいかない。父の無念を晴らすためにも気持ちを切り替えて、母に会う方法を考えなければ。

薄紙を剝がすように視界も少しずつ鮮明になってくる。

少し高い所にある窓から太陽光が部屋の中を照らしていて、その位置から見ても昼頃なのだと思えた。早く身支度しなければと思っていたそのとき、扉が開く音がしてドキリとする。

着替える間も与えられず入り口をくぐるようにして入ってきたのは、アレクシオだった。

「やっと目が覚めたのか」

天蓋から下がっている紗の幕ごしに見えたアレクシオは、長袍に襟元と広い袖口に金銀の刺繍を施した上着を羽織り、腰帯には大きな宝石が嵌《は》まった刀を差している。

王としての威風堂々とした気品と威厳に満ちたその姿を目の当たりにした凜花は、慌ててシーツを巻きつけながら紗の幕の外に出た。

「は、い……あっ…ぅ……」

狼狽えながら答えた声はかさかさにかすれていて、まるで自分の声ではないようだった。

床に足をついたとたん、膝に力が入らずによろけ、とっさに目の前にいるアレクシオの腕にすがりつく。

「まだ起きるのは無理なようだな」

「す…、すみません」

抱き留めてきたがっしりとした腕の感触になぜか胸が苦しくなって、凜花はおずおずと彼の瞳を見上げた。

窓からの明るい太陽光を受けたアレクシオの瞳の色は、きれいな鳶色《とびいろ》か淡い茶色に見える。

燃えるような琥珀色の瞳と猛々しい闇のような黒獅子だった彼の姿は、今の王からはみじんも窺えずに、自分だけが淫らな余韻をまとわせているようで恥ずかしかった。

「早くその服に着替えろ」

アレクシオは椅子の上に置いてある服を指した。

「あっ、失礼しました……！」

「本当に……随分と変わったものだ。少々目の毒だな」

そう言いながら見つめてくるアレクシオに、凜花はうろたえて自分の身体を見やると、シーツから出ている肩や二の腕に赤い跡がいくつもついていてドキリとなる。引っ掻いたような薄赤い線も見える。

「……ッ」

凜花は衣服を急いで身に着け、ホッと吐息を漏らした。置かれていたのは真っ白な長袍と下穿きで、ストンと着れる簡素なものだけれど、上質な木綿の生地はさらりとした肌触りで涼しく着心地がよいものだった。

「しかし、よく眠っていたな。一日半の間、一度も目を覚まさないとはな」

「え、そんなに眠っていたんですか。知らなかった……」

呆然と呟いたあと、ハッと思い出す。

「そう言えば……っ」

ハーリドに渡された昨夜の衣装が見当たらない。帯にはさんでいた雪蓮華の包みはいったいどこにいってしまったのか。凜花は青くなって周りを見回した。

「床に落ちていた包みがあったが、探しているのはそれか？　お前の物だと思ったから、そこに入れておいたぞ」

恐ろしいくらい察しのいいアレクシオに指差されて、慌てて机の上に置かれた美麗な細工の施された木箱を開けてみた。

中には真紅の美しい布が貼ってあって、そんな豪華で美しい箱にはおよそ似つかわしくない、くしゃくしゃの油紙に包まれた薬草の塊《かたまり》がそのまま入っている。

「あの、これは……父が命懸けで採った薬草で、僕にとって唯一の形見なんです。こんなに美しい箱に入れていただいて……本当にありがとうございました」

もしも汚らしいと捨ててしまわれていたら、命懸けでこの国に来た意味さえなくなってしまうところだった。

凜花は密かに安堵に胸を撫で下ろし、アレクシオの心遣いに感謝の念を込めて頭を下げた。

「その箱は以前からこの部屋にあった物だ。気にしなくていい」

たぶんこれは宝石箱で、女性が使っていた物だろう。

改めて室内を見れば、花模様の色タイルが壁面を飾り椅子もクッションも華やかな織物で、ベッドの周りには幾重にも重ねられた薄い紗が天蓋から優雅に垂らされていて、いかにも女性向けの美しい部屋だ。

「あと、ハーリドが持ってきたお前の持ち物もそこに置いてある」

アレクシオが机の上にある袋を指差しながら言う。

見覚えのない袋に戸惑いながら中を覗いてみると、凜花が持ち込んだ薬草がすべて綺麗に揃えて入れられていた。わざわざ新しい袋に移し替えてくれたのだ。

奴隷だから、暗く狭い部屋に閉じ込められると覚悟していた。なのに、こんなに豪華で優美な部屋にいることがまだ現実のものとは思えなかった。

そのうえ胸飾りや薬草など、凜花が大切にしている持ち物を尊重してくれていることに驚きと感謝を覚えつつ、アレクシオの顔をそっと見上げた。

「どうした」

長い指ですっと頬を撫でられて、思わずピクリと身体を震わせた。

「……っ」

「やはり、俺が怖いか」

アレクシオが手を引きながら苦く笑う。

「あ……いえ。そうじゃないです」

触れられたとたん彼の指や声にあの夜を思い出して、つい反応してしまった自分の身体に驚いたのだ。

「ふん……無理をするな。恐れられるくらいがちょうどいい」

けれどアレクシオは淡々と言って、肩をすくめた。

「ちなみに俺の秘密をつかんだと思ったら大間違いだぞ。俺の黒い噂など数えきれぬほど出回っていて、奴隷のお前が騒ぎ立てたところで人が獅子になるなど、そんな話、誰も本気にしないだろうし、面白おかしく流される噂が一つ増えるだけにすぎん」

「そんなことしません！」

仮にも命の恩人に対して、そんなことをすると思っているのか。

憤慨《ふんがい》して言い返す凜花の反応に、アレクシオは一瞬目を瞠り、驚きとも戸惑いともつかぬ表情を見せる。だが、すぐに皮肉げに口元をつり上げると、

「……どうだかな」

アレクシオは手を離して露悪的《ろあくてき》にそう言って、ベッドに腰掛け、「来い」と鷹揚な態度で凜花を手招いた。

「はい」

このシチュエーションに、アレクシオに身体を貪られた記憶がぶり返す。

けれど怖がってなどいないのだと知らしめたいという意地が湧いて、凜花は緊張で固くなった手足を叱咤しつつ、ベッドへ近寄った。

「今日は公務が立て込んでいて時間がない、早くしろ」

「あっ……」

さらうように抱き上げられてベッドの上に押さえつけられる。

「お、王様…ッ」

長袍の裾を胸までたくし上げられ、慌てて声を上げた。

「じ、時間がないんじゃ、なかったんですか……っ」

「そうだ。だからじっとしていろ」

アレクシオは凜花の素肌に熱い視線を落としながら傲慢に命令する。

剝き出しにされた腹部や胸に舌を這わされ、熱い吐息と指に素肌を撫でさすられて、教えこま

れたばかりの妖しい感覚が身体の芯に沸き起こりそうになる。

「俺がつけた痕か…、少し傷になっているな」

牙の擦り傷痕に舌を這わされて、凜花の身体はひくりと震え、胸の小鈴がチリリ…と共鳴する。

「豊かな膨らみもない胸なのに……どうしてだろうな」

独白のように呟きながらアレクシオの唇が凜花の胸の尖りを捕らえた。

「赤く膨らんで、淫らで……どうしようもなくむしゃぶりつきたくなる」

一昨夜、鋭い牙で何度も甘噛みされ恐怖と紙一重の激しい快感を与えられ、いまだに熱を持ったように赤く膨らんでいるそこは、少し触れられただけでも敏感に感じてしまうのに、アレクシオの舌で慰撫《いぶ》するように吸われ舐められると、身悶えするほどの熱が込み上げ、身体の芯が火照ってくる。

「やっ…、だ、だめ、です……っ」

アレクシオの手が下穿きにかかったのが分かり、凜花は小さく声を上げた。

このまま続けられたら、激しい快楽を知った身体がどこまでも貪欲に欲望の深みに嵌まっていってしまいそうで、怖かった。

「お、王様……王様っ」

下穿きを脱がそうと動くアレクシオの手を阻止しようと凜花は抗《あらが》った。

「何だ、やめてほしいのか…?」

雄の色香に満ちた低い声に鼓膜をくすぐられると、たまらない気持ちになって、力が抜けていってしまう。

彼にそのまま圧し掛かられて、覚悟に目を閉じたその時。

扉を叩く音が部屋に響き渡り、アレクシオが眉を寄せる。

「先ほどよりカルタルの王やジャーラム様たちが、痺れを切らしてお待ちになっておられます」

外から控えめな声がアレクシオを促す。

「ああ……分かっている」

アレクシオが不機嫌そうに答えるのを聞き、凜花はホッとしたような、どこか物足りないような複雑な心持ちになって、吐息を漏らした。

「……安堵できるのも今のうちだぞ。今夜を楽しみにしていろ」

身体を起こしながらそう言い渡すアレクシオに、カァッと顔が燃えるように火照るのを感じて、凜花はうろたえる。

「そ、そんな……今日は大切なお客様がおいでになっていて、忙しいんじゃないですか」

偉い人たちを待たせているらしいのにと、おずおずと訊いてみると、アレクシオはスッと表情を冷たく研ぎ澄ませ、

「なに、隣国の王と異母兄たちだ。また何か難題を持って来たのだろうが、夜までつき合うつもりはない」

切って捨てるように言うと立ち上がり、厳しい王の顔になる。

独りきりの凜花にとって兄弟という存在は憧《あこが》れだったけれど、一国の王ともなれば、様々な思

惑もあって大変なのかもしれない。

そんな張り詰めた空気が漂う中、突然、凜花の腹の虫がきゅ～うと催促するように鳴った。

「あ…っ、はは……すみません」

静かな部屋に響いた音に、凜花は顔を赤くして笑うしかなかった。

そういえばなにか食べたのは一昨日ハーリドから与えられた乾し肉やデーツが最後だ。

アレクシオが驚いたように凜花の顔をしばし見つめていたが、

「そういえば食事がまだだったな。あとで召使いに持ってこさせよう」

フッと表情をやわらげて言った。

「わ…！　ありがとうございますっ」

食事にありつけると聞いて、凜花は目を輝かせ、パアッと満面の笑みを浮かべた。

「……あまり無防備にそんな顔を見せるな、いいな」

凜花のあごを持ち上げ低くそう囁くと、アレクシオは頭に巻いた布をひるがえし出て行った。

「顔……？」

凜花はしばらく頬を両手で押さえ考えていたが、……そうだ、まだ顔を洗っていなかったんだと、部屋の片隅にある水場へと急いだ。

＊＊＊＊＊

バルバロス王の居城アスラン・サライ、通称『獅子の城』の荘厳な王宮の奥深く、第三の庭を境にして、王とその側近たちしか入れない後宮がある。

広大な庭の南側には多くの美女たちが暮らす、二本の高い塔が特徴的な石造りの後宮があり、その西側に彼女たちを世話し管理する宦官《かんがん》たちや雑用係の奴隷たちが住む建物群が立ち並んでいる。

そんな建造物から広い庭を隔てた北側、表の王宮から長い回廊で続いている建物の一番奥の一室に凛花は住まわされていた。

庭園に出ることは許可されたけれど、庭園から王宮に通じる門や他の建物の入り口には警護兵が二十四時間目を光らせているから、凛花には部屋と高い塀に囲まれた庭園が生活のすべてだった。

十七歳の今日まで一か所に定住することなく、寝場所など雨露さえしのげればよかったから、一人でいるには広すぎる室内や豪華な家財などに囲まれていると落ち着かなくて、どう過ごせばいいのか分からない。

豪奢な天蓋付きのふかふかのベッドも贅沢すぎて慣れなくて、気がつけば床の片隅で丸まって寝ていて、突然訪れたアレクシオを驚かせたこともあった。

公私ともに多忙なはずのアレクシオはそのタフさで、たとえ真昼であろうと夜中であろうとお構いなく部屋を訪れては凜花を抱いた。

何度抱かれても性愛で得る快楽に慣れず怯えてしまう凜花だったが、荒々しく身体を貪られれば最後は快感に溺《おぼ》れ、啼《な》かせられた。

アレクシオの性欲と感情の赴《おもむ》くままに翻弄され束縛される毎日に、これが、最初は理解できなかった『王専属の奴隷』なんだと、さすがの凜花も身をもって知った。

王宮での生活。そして……快楽漬けの夜。

今までとはまったく違う暮らしの中で、ふいにアレクシオから伝わってくる、『俺を怖がるな』という声。

動物の心は分かっても、あれほど人の心の声をはっきりと聞いたのは、初めてのことだ。それは彼が獅子であることに関係しているのかもしれないけれど。

あの声を聞いていると、なんだか奴隷としての支配だけではなく、心まで囚われていってしまいそうで――

自分を見失うな、目的を忘れるなと、凜花は日々、自分を戒めていた。

突然響いたノックの音に、凜花は物思いから覚め、そろそろご飯時かと部屋の窓から昇った日を眺める。

王宮の食事は朝夕の二回で、今朝も若い女性が凜花のための食事を運んできてくれたのだ。

彼女はケイティという名で、目鼻立ちのくっきりとした美しい女性だ。凜花よりも二歳上の十九歳らしい。

「ケイティさん、いつもありがとうございます」

凛花が食事の入った竹籠を受け取ろうとした時、籠が彼女の手から離れ床に落ちてしまった。

「あっ。……ごめんなさい」

ケイティは足元に飛び散った食べ物を眺め、どうしましょう、と凛花を見やり言った。

「大丈夫ですよ。拾えばいいだけのことですから」

凛花はケイティを心配させないように、彼女の足元にしゃがんで手際よく固形物を拾って皿に入れ、零れたスープやお茶は雑巾《ぞうきん》で丁寧に拭き取った。

「凛花さん起きるの遅いから、それ最後の朝食だったのよ。もう夕食まで食事できないわね」

ケイティは同情するようなことを述べながら、目の底にはからかうような色を浮かべている。

確かに昨夜はアレクシオがこの部屋を訪れていて、彼が自室へ帰っていったのが朝方近くだったから、つい今朝は寝坊してしまった。

「大丈夫。なんとかなりますよ」

凛花は快活にそう返した。好き嫌いを言っていたら、今までこうして生きてこられなかった。アレクシオがこの部屋に来た翌日に限って、食事が届けられなかったことも何度かあったけれど、凛花にとって一度や二度の食事ができないことなどは、別に苦痛なことではなかった。

むしろこれまで父を手伝い働きながら食材を手に入れることが即《すなわ》ち生きていくことだったから、部屋にいながらにして食事が目の前に運ばれてくるのは驚きであり、とんでもなく贅沢なことに思えた。

どうしても空腹で仕方ない時は、長年の旅暮らしで得た知恵を生かし、庭園の中に生えている草の若葉や木の実を採って、ヤシ酒や麦酒の沈殿物と混ぜて即席の食事を作ったりもしたし、空腹感を抑えてくれるフェンネルの実を噛んでやり過ごすこともできた。

「……そのお皿に入れた物、どうするの？」

まったく動じない凜花をケイティは苛立《いらだ》たしげに見据え、皿に拾い集められた無残な料理の残骸を指差した。

「もちろん、いただきます」

当然のことだと答えた凜花に、彼女は「ええっ！」と驚きの声を上げ嫌そうに眉をひそめる。

「砂や泥の上に落ちた物でも、ちゃんと払ったり天日で乾燥させればじゅうぶん食べられます。ましてここはタイル張りの床でから、きれいなものですよ」

凜花は皿に拾い集めたパンや肉、野菜などの食べ物を残さず食べた。形は潰れていても味に変わりはない。それにこんなに贅沢な食材を無駄にしては申し訳ない。

「……さすがは自由民ね」

ケイティはきれいに食事を片付けた凜花の顔を驚いたように眺める。

「王様は、どこが気に入られたのかしらね。まあ、ご馳走《ちそう》ばかりじゃ飽きるから、たまには変わった食材も召しあがりたくなったのでしょうけど……でも、粗食はもっと早く飽きてしまうわよ」

凜花には彼女の言っている意味がすぐには理解できなかったけれど、青い瞳の中に蔑《さげす》みの色が浮かんでいるのを見て、自分のことを揶揄《やゆ》しているのだと分かった。

「貴女《あなた》は……王様がとても好きなんですね」

「………ッ！」

凜花の言葉にケイティは真っ赤になり、悔しそうに顔をゆがめると顔を背け部屋を出て行った。

悪いことを言ってしまっただろうか。

アレクシオはあれだけ魅力的で、女性なら好意を持って当然だし、自然なことだ。

――男の自分でさえ、彼の逞しい腕に抱かれ、情熱的な愛撫に翻弄されると、とろとろになって……なんだかおかしな気持ちになってしまいそうになるのに。

思わず彼に植え付けられた快感の熾火《おきび》が身体の奥でくすぶりそうになって、凜花は慌てて首を振り、不穏な熱を追い出す。

彼女のいつも身に着けている絹のスカーフや衣装、肌の白さや、豊かな胸や細い手首を飾る高価そうな装飾品を見ても、それなりの良家の子女なのだろうと察しがつく。

だから、自由民でおまけに奴隷である自分の食事の世話をするなど、彼女の自尊心をいたく傷つけることだろうと、他人との交流が少なくそういった人間関係の機微《きび》に疎《うと》い凜花でも想像がついた。

けれど逃げ出すわけにはいかない。今の凜花にできることは、ただひたすらこの生活に慣れ、人と争わず目立たないようにしながら、母に会える日を待つことなのだから。

ケイティ以外にも、ナーセルという女性が部屋の掃除や洗濯物など雑用をこなしてくれている。

南方から来たらしく、褐色の肌にくっきりとした目鼻立ち、少し強気な印象の美しい人だ。

彼女も最近ようやく挨拶《あいさつ》以外にも会話をしてくれるようになったのだけれど。

「凜花さん、あなた自由民のキョチェクだったと聞いたんだけど本当？　見目のいい男の子は小さな頃から踊りと一緒に男性相手の秘技をいろいろと仕込まれているんですってね」

いきなり好奇の目を向けられ、そんなことを訊かれ驚いた。

「その、キョチェク……って、男の踊り子のことですか？　僕も聞いたことはありますけど……」

以前、砂漠から来た遊牧民たちと同じテントで夜営した時、そんな話をしているのを聞いたことはある。

……戒律の厳しい国では肌を見せてはいけない女性に代わり、美しく女装した少年たちが肌も露《あらわ》にセクシーで激しい踊りを披露して王侯貴族たちを歓《よろこ》ばせ、気に入られれば大金で買われ寵愛されるのだと……。

酔っ払った遊牧民たちがそう面白おかしく話をしていたことを思い出す。

「本当にあなた、聞いただけなの？」

彼女は床を拭きながら疑わしそうな顔を上げ、無遠慮に凜花を眺める。

「僕は旅の間はいつも泥だらけで汚い格好でしたし、それに踊りはできないですよ」

そう真面目に言ったのだけれど、彼女は雑巾を木桶に放り込みながら、冗談でしょうと笑った。

「だって最近の王様は、後宮に行かれるよりも、この部屋にいらっしゃる回数のほうが多いって、もっぱらの噂よ」

「そ、そう……なんですか」

そう言われても凛花にはどうしようもなくて、戸惑いの表情で彼女を見た。

「あらあら、またそんな純情そうな顔をして……あれほど男らしくご立派な王様が、どうして男なんかに夢中になられているのか不思議じゃない。よほどやり手なんだろうって噂になっているのよ」

意味ありげに言われて、ますます困惑する。

「後宮の中には、あらゆる国から選りすぐられた美女がいるそうなのに……。それだけじゃなく、一目お姿を拝見するだけでもと、王様に憧れている人はこの王宮の中には大勢いるのよ。後宮にいらっしゃる姫様たちのほうがあなたなんかよりずっと美しくて、高貴で、王様にふさわしいわ」

ナーセルは立ち上がると凛花を見つめ、女性たちの気持ちを代弁するかのようにきつい調子で言った。

「……そうでしょうね」

彼女の言うことは真実だ。

自分がアレクシオにふさわしいなどと思ったことは一度もない。そもそも自分はただの奴隷だ。姫様と比べるなど、とんでもなかった。

「ッ…、いつもそうやって余裕ぶって……いい気になっているのも今のうちよ…っ」

ナーセルは凛花を睨みつけ、そう言い捨てると木桶を抱え、身をひるがえす。

凛花は甘い香りを残し立ち去る彼女の後ろ姿を見送って、小さなため息を落とした。

後宮に集められているという姫たちだけではなく、ケイティもナーセルも凛花の目から見ればとても美しく魅力的な女性だと思える。

なのに、どうして……自分など抱くのだろう。

近頃、広大な庭園をある程度自由に出歩けるようになった凜花は、そこで会う人たちから意味深な目で見られたり、遠巻きにされてこそこそ話しているのを目にするようになって、気になっていたのだけれど……そういうことだったのかとようやく気がついた。

バルバロス帝国の王は何世代にもわたり、大陸の東から西まで遠征討伐を繰り返し、その国の優れた技術を得るために技術者を強制連行し、美しい姫たちも従者ともども一緒に連れてきたと聞いている。

だから凜花の食事の世話や部屋の清掃をしていた女性たちも、姫の付き人だったりそれなりの家柄の子女であるらしいと知って、彼女たちが自由民である自分に冷ややかな態度をとる理由もよく分かる。

けれど、自分にも自由民としての矜持と、そしてなにより叶えなければならない目的がある。

どのみち下手に誰かと仲良くなって、自分の身の上やこの国に来た理由などを深く追及されても困るから、いっそ今のままのほうが都合がいい。

この後宮から脱出する日まで。頑張って、誰とも争わず問題を起こさず乗り切らなければと改めて胸に誓った。

＊＊＊＊＊

バルバロス国王、アレクシオ・デミトリアス——その名が意味するのは、王としての権威だけではなかった。

アレクシオは自分が特異な存在であると知ってから、誰にも心を許さず、孤高の存在であることを自分に課した。王として自分を厳しく律し、心のままに動くことも禁じた。

だが——そんな時、あの少年が目の前に現れたのだ。

遠目には泥の塊にしか見えなかった少年は、勝ち戦に昂ぶり荒ぶった兵士たちに取り囲まれながらも自分の命乞いをするのではなく、すでに絶命している父親を必死でかばっていた。

彼の澄んだ無垢《むく》な瞳は恐ろしいぐらいに真っ直ぐで、どんなことがあろうと情に流されず私情を挟むことがなかったアレクシオだが、その鋼《はがね》で出来ていると自負する心臓が握りつぶされたような、そんな衝撃を受けた。

いくら身内と言ってもまずは自分を守るのが当然だ。しかもすでに死んでいる者だというのに。

彼の行動は、アレクシオにはまったく理解できなかった。なのに——なぜか、目が離せなかった。

命が惜しければすぐさま引き返せと冷酷に突き放しても、少年は泥の中に這いつくばりながらも、馬上のアレクシオを毅然《きぜん》と見上げ、必死に訴えかけてきた。

泥まみれの髪と顔ではあったが、白々と明け染めた空を映す黒曜石《こくようせき》のような大きな瞳は強い光を宿し輝いていた。

アレクシオはその鮮烈な印象に心が震え、強烈に惹きつけられずにはいられなかった。

――この少年のことが、もっと知りたい。

そう訴える本能を持てるありったけの力でぐっとねじ伏せ、追い払った。

はず、だったが……帰国を急ぎながらときおり隊列の最後尾を見れば、泥が乾きボロボロになったひどい格好でよろよろと必死でついてくる。その小さな姿を見つけるたびに、少年に対する憐憫《れんびん》となぜそこまでしてという苛立ちが湧きあがった。

なのに、何度目かに最後尾を見たときにその姿はなく、砂漠を遠くまで見渡しても見つからない。

隊列についてくるのをやっと諦めたか、力尽きてどこかで倒れてしまったか……。

これも運命だ、このまま放っておけ。

アレクシオはそう自分に言い聞かせようとしたが、理性では抑えきれない本能から湧き出す激しい欲求に衝き動かされ、気がつけば獅子に変化し匂いを頼りに隊列の通った跡を駆け戻っていた。

やがて、周りの砂と見分けがつかないほどに泥が乾いてぼろぼろになった小さな塊を見つけた。おそらく、人の視力であれば見つけるのは困難であったに違いない。

駆け寄り、顔を近づけて少年の様子を窺えば、小さく折り曲げた身体はぐったりと力なく、目を薄く開け獅子となったアレクシオの姿を見ても、ただ小さく胸を喘がせるだけで、もはや虫の息だと思えた。

……どうせ助からない命ならばせめて長く苦しまないように、牙で止めを刺してやろう。

アレクシオは大きく口を開け牙を向けた、のだが……。

『いいよ、僕を食べて……』

少年はそう唇を動かして、力の入らない両手を懸命に伸ばし、たてがみに優しく触れてきた。

その瞬間、今まで感じたことのない衝撃がアレクシオの身体を駆け巡った。

——欲しい。この少年が……！

このままでは、確実に少年の命は失われる。このやわらかな手のひらの感触も、二度と感じられなくなってしまう。それは嫌だと心が叫んでいた。

すぐさま少年の腹帯を咥え隊に駆け戻ると、水を飲ませ身体を冷やし日陰で寝かせるよう命じ、ハーリドに託した。

『アレクシオ様、これ以上厄介事を持ち込まない方が賢明かと思われますが……』

忠誠心の強いハーリドは、国王の座を狙っている異母兄たちに対して、些細なことでも弱味を見せるのを懸念《けねん》している。

『重々承知した上でのことだ。すべての責任は俺が負う』

王位に就いてまだ日が浅いというのに、入出国することを禁じている自由民を国王自らが連れて帰るという暴挙に出るのだから、それに対する責任、そして少年の命を背負う覚悟を決めなければならない。

代々バルバロスは、優秀な獅子の血脈を受け継いだ者が王となり繁栄してきた国だ。

特に長《ちょう》じれば全身が漆黒の黒獅子となることが王としての絶対的条件で、第一から第四夫人までの正妻の王子たちはいずれも獅子とはなれず、大勢いる異母兄弟の中で後宮の女性を母に持つアレクシオだけに幼児期から獣化が現れはじめ、十五歳の時には体格も成人と変わらないほどに成熟し完全な黒獅子に変化するようになっていた。

獣兵など軍事機密にも抵触することから、このことは王族や今回の遠征にも連れていったアレクシオ直属の精鋭部隊の兵士たち一部関係者のみに知られていることで、ただでさえ理解者は少ない。その上、他の異母兄弟たちからは嫌悪や羨望《せんぼう》さまざまな感情をぶつけられ、何者かに命を狙われることもしばしばあり、自分の命を守り父王の期待に応え王位を継ぎ国を栄えさせるためにも、ますます知力武力ともに厳しい鍛錬《たんれん》を怠るわけにはいかなかった。

アレクシオの最大の武器は、獣兵を率い、自身も黒獅子となって夜陰に紛れ敵国に侵入し、素早い動きで鋭い牙や爪をもって敵軍を壊滅させることだ。

そうして敵国を支配下に置き、その国の産出品や優れた技術などを自国に持ち帰り国を栄えさせていった功績を認められ、父王からも優秀な黒獅子としての英知と戦闘能力や実績を高く評価され、後継者として絶対の信頼を得た。

その父王が昨年亡くなり、アレクシオは王位を継いでバルバロス帝国の国王となった。

正妻の王子たちを差し置いて王位に就いた自分の立場の厳しさは重々承知している。だから、政務を完璧にこなし、軍事遠征に備えて軍の強化や獣兵の訓練などに力を入れてきた。

だがそんな時、喪が明けて初めての遠征の帰国途中で、思いがけない拾い物をしてしまったのだ。

どうしようもなく気になって、普段なら数日は続く凱旋を祝う宴《うたげ》も早々に切り上げ、ハーリドに命じて少年を連れてこさせたのだが……。

アレクシオは目の前に現れた少年を見た瞬間、その凛とした美しさと真っ直ぐに見つめてくる澄んだ瞳に、やはり自分の目に狂いはなかったと、内心密かに喜びを感じていた。

砂漠で命を落としかけたとは思えないほどに生気を取り戻し毅然としているのも、過酷な長旅をしてきたらしい彼の生命力の強さを感じたし、なによりもその目——今、まさに命を奪われるかも知れぬ境遇に置かれても、少年の瞳は死んではいなかった。

女物の薄衣を着ていたのには内心、度肝《どぎも》を抜かれたが……その細い身体と思いがけず白く美しい肌が淡く透けているさまは、なんともいえぬ背徳的な色香が漂っていて、息を呑んだ。

死をも覚悟しての入国の理由を問いただす。それが少年を手元に置く理由で、専属の性奴隷として後宮に捕らえておけば、そのうち白状する。そう思っていた。

そのために仕掛けた情事だったはずが……気づけば、自分のほうが昂ぶり、溺れていた。

少年の肉体は固く青い蕾《つぼみ》でありながら、水を与え触れて愛撫すればたちまちほころび花開いて、官能的なのに瑞々《みずみず》しく清々しい魅力にあふれていて……しなやかで生命力に満ちた身体を貪る快感と、その細いながらも力強い腕に包み込まれる感覚は、あまたの女を抱いてきたはずの自分が初めて知る悦びだった。

しかしまさか行為の最中に我を忘れるほどに昂ぶり、獣の本性を現してしまうとは。獣欲に負けまいと己の感情を自制し律してきたはずの自分には、絶対にありえないことだった。

実際、後宮にいる大勢の女たちを抱くのも王としての務めであり、様々な国の美女たちと肌を合わせてきたが、どれほど妖艶で性技に長《た》けた美姫と閨《ねや》を共にしても、こんなことは一度たりともなかった。

様々な国の姫たちを手元に置くというのは、強みでもあり弱味でもある。

黒獅子の姿は、王妃となる者以外に知られるわけにはいかない。いや……王妃になる者にも、見せるつもりなどなかった。獅子に変化するなどという事実を受け入れられる者などいないだろうと諦めていたからだ。

普通は悲鳴を上げて大騒ぎするはずだ。

だが、少年は強張りつつも逃げようとはせず、砂漠で出会った黒獅子だと気づいたとたん、淡い微笑みを浮かべ、両手を差し伸べたてがみに触れ身体を抱き締めてきた。

——初めてだった。黒獅子の姿を閨で見せたのも、その姿を見ても逃げ出さず、怖くないと言い切られたことも。

思春期を迎えるとともに獅子への変化が顕著《けんちょ》になりだして以来、家族でさえも恐れてアレクシオに触れることもなかった。

まるで、自分の心が暴かれたような……そんな恐れを覚えつつも、それを凌駕《りょうが》する興奮と悦びが押し寄せて、そのあとはおかしくなりそうなほどの狂暴な衝動に衝き動かされ、無我夢中で身体を貪り続けた。

少年の生命力あふれるしたたかさとしなやかさに、アレクシオの野生の本能が揺さぶられ目覚めさせられてしまったのだろうか。

いずれにしても、国王の正体が黒獅子であることを知られた以上は、生かして宮殿から外へ出すわけにはいかない。

女性たちが大勢いる後宮の建物内に仮にも男である凜花を住まわせるわけにもいかず、別棟にあるアレクシオの母親が父王の寵姫として過ごした部屋に凜花を住まわせることにした。

『どこの馬の骨とも分からない少年を住まわせるなど、亡くなられたお母上様に失礼ではないでしょうか』

事情を知っている親族や側近たちの中にはそう言って異議を唱える者もいたが、アレクシオに譲るつもりはなかった。

後宮内に住まわせるならば、凜花の男性機能を失くして、宦官と同じようにしなければならない。

アレクシオは凜花を抱きはしても、女として扱うつもりはなかった。

そんな特別扱いのせいもあってか、あからさまに凜花に嫌がらせをする召使いたちもいたらしい。もしエスカレートするようならなにか対策を講じなければと思っていたのだが、当の本人はいくら嫌がらせをされてもしなやかに受け止めて、庭の果実や草木まで食料にしたりと、したたかに生活していると聞き、アレクシオはいかにも凜花らしいと苦笑した。骨がある奴だとは思っていたが、予想以上だ。

だが……凜花を凜花たらしめている自由民の生まれというのが、この国では大問題だった。黒獅子に変化するのは戦の時と血を引く王族や一部の側近、信用の置ける兵士たちの前、それに忠実で勇猛な獣兵たちの前でだけだ。

国王が黒獅子であるということは無用な混乱や恐怖を与えかねないために帝国の一般国民には伏せてある。他国の人間に知られ、余計な敵意や興味を持たれるのを防ぐためにも、厳しい法を制定している。

数か所ある国境警備は厳重で、入出国する人間には国境に設《もう》けた監視所で厳しく国籍と身分の証明を求め、違反する者は即引き返させられ、強行突破しようとすれば問答無用で殺される。

国籍だけでなく文字さえ持たず、浮草のように国から国を漂泊する自由民は基本入国させず、身元の確かなバルバロス帝国の国民が手続きを経て呼び寄せた場合のみ許可している。もしも不法に入国した自由民がいたら捕らえられ生涯奴隷となって過酷な重労働や汚れ仕事に従事するか、危険と判断すれば処刑となる。

バルバロス帝国は、そういう厳しい掟《おきて》を何世代にも渡って続け、小さな支配領地を少しずつ広げていって強大で豊かな国へと繁栄させてきた。

アレクシオは自分を王にふさわしいと自他ともに認められるように、その規律をますます厳しく守っていたが、思いがけず凜花という自由民の少年を手に入れたことで、アレクシオの心情は大きく揺れ動いていた。

特異な力を持つ黒獅子であるアレクシオが王として強大な権力を握り、従えることで成り立っているこの国だが、その大きすぎる権力を独占するゆえに反感を持ち忌嫌う者が必ずいる。

特に第一夫人の子である長兄ジャーラムと次兄エイキュルは黒獅子に変化できない劣等感と、年下で後宮の女の息子であるアレクシオへの反感もあり、黒獅子を王とすることに日頃から不満を持っていた。

『王の本性が黒獅子など、不気味で恐ろしいだけだ。国の繁栄や文化の進歩に逆行している』

そう陰で嫌味は言っていてもアレクシオに面と向かって文句を言うほどの根性もなく、ただ鬱々《うつうつ》と不満を募らせている。

厄介なのは、そんな異母兄たちに最近何かと急接近している隣国カルタルの王の存在だ。

隣国の先代王は人徳のある人物でバルバロス帝国とも友好関係にあったが、王子が王位を継承したとたん国勢が傾き出し国民の支持や信頼が揺らいできている。

カルタルも東地方へ貿易の手を広げたいと画策しているらしいが、陸路ならバルバロスを大きく迂回しなければならず、海洋貿易となれば日にちもかかり大型船を航行させるのも莫大《ばくだい》な費用がかかる。

そこで王位の座を狙っている異母兄たちに取り入り、アレクシオを失脚させバルバロスの領土の一部を自国に取り込み、国土を広げると同時に貿易路も確保しようとしているという噂が囁かれていた。

そんな肚《はら》に一物を持った輩《やから》に、アレクシオが自由民である凜花を傍に置いていると知られたら……おそらく弱みをつかんだとここぞとばかりに攻撃の材料とし、王位を剝奪《はくだつ》しようと躍起になるだろう。

たとえ異母兄が何人束になってかかってこようとも、隣国の腹黒王子が襲ってこようとも恐れるアレクシオではないが、正面から挑む勇気のない彼らは卑劣な手を使い、凜花に危害を及ぼす恐れがある。

『すべての責任は俺が負う』と、凜花の存在を問題視している側近たちを説き伏せ、強引に自分の奴隷とした。

これまで国益のみを追求し、隙を一切見せずに邁進《まいしん》してきたアレクシオの初めての不可解な振る舞いに、ハーリドたち側近も戸惑っているのは分かっていた。それでも……。

黒獅子の姿を見られ、知られたため。凜花の命懸けの入国目的を暴くため。

そう自分に理由付け、アレクシオは凜花を傍に置くことを止められなかった。

凜花・エスレム。何度もこの腕に抱き締め、その華奢《きゃしゃ》だがしなやかで強靭な身体を貪り喰らい体内深くまで犯そうとも、心の内に護っているものは頑《かたく》なに見せない。

いつも素朴で愛らしく素直な凜花だが、いざ『入国の理由』を聞こうとすれば、石のように沈黙してしまう。その黙秘は死をも覚悟しているかのように強い意志を感じさせるもので、たとえどんなにひどい目に遭わせようとも死ぬまで口を開くことはないであろうと、その凜とした中にも必死な想いを秘めた瞳を見れば分かる。

帝国の未来を背負う王として冷徹で強くあらねばならない立場でありながら、思いがけず懐《ふところ》に入れた自由民の少年の存在が、アレクシオの胸の中で日を追うごとに強くなっていく。

父の骸を辱《はずかし》めさせまいと守り抜いた強さを秘めたあの曇りのない瞳。空腹を訴える腹の虫に照れ、見せた無邪気な笑顔。初めて抱いた時のたてがみを撫でる手のひらのやわらかさ。

ことあるごとにそんな光景が脳裏に浮かび、アレクシオの胸を狂おしく締め付ける。

けれど、決して心の内を見せようとはしない凜花に苛立ちと憤りを覚えていた。……自分自身、そうやって生きてきたというのに。

アレクシオは己の心にそんな弱い部分があると初めて知った。この弱さは、隙あらば王に取って代わろうと狙っている異母兄たちにはいい餌となるだろう。

異母兄たちがそれに気づき、意識が凜花に向く前に、入国の理由や真意を確かめたい。

だが正面から凜花に問いただしたところで、今までと同じことの繰り返しだ。

いったいどうすべきか。アレクシオは密かに頭を痛めていた。

＊＊＊＊

後宮での生活にも少しだけ慣れたとはいえ、慣れぬことが多い中で、凜花《りんか》の心の安らぎは広々とした庭園を散策することだった。

かつては熱砂と荒れ野だったとは思えないほど、庭園の中には多種多様の植物が植えられていてわくわくする。

特によく手入れされた庭園の中央部よりも、庭の遠く外れのほうであまり手入れが行き届いていない、雑木林や竹林、雑草の生い繁った場所などに好んで行った。

雑草の中に花の盛りを過ぎたピネンが生えているのを見つけていた。毒草で劇薬だけれど、少量なら鎮痛効果があり化膿《かのう》止めにもなる。

長年の習性でつい薬用になる樹木や薬草を探してしまうのだけれど、ただ幹に身体を預け草や葉に触れるだけで、心が癒された。それぞれの植物が持つ神秘的な力や強い気が自然に全身に沁み通り、不思議と勇気や元気が湧いてくる。

こんな風に木や草を相手に楽しそうにしている姿を見たら、野蛮だと女性たちがまた眉をひそめるのだろうな……と凜花は苦笑する。

そしてふと、『お前の身体に染みついた草木や土の匂いが、俺にとって香水よりもずっと魅惑的な匂いだ』と言ったアレクシオの言葉を思い出す。

多くの自由民を排除し入国を拒否してきたバルバロス帝国で唯一、泥にまみれ草木にまみれて生きてきた凜花の存在を肯定してくれた言葉。

初めて聞いた時は戸惑いのほうが大きかったけれど、今では強い心の支えとなっている。

けれど……アレクシオにとっての自分はどうだろう?

心の支えになるどころか、自分はここを抜け出そうと企《くわだ》てているのだ。

急激に胸苦しさを覚え、凜花は樹の根元に力なくしゃがみ込んだ。

こうして外に出ている時も、脱出するための抜け道を探している――

そんな風に思いを巡らせていた時。突然、女性の悲鳴が耳に飛び込んできて、凜花は急いで身体を起こし、周りを見回した。

叫び声は後宮の建物の方からで、バルコニーから下を覗《のぞ》きながら騒いでいる声に、凜花は誰かが落ちたのかもしれないと青ざめる。

骨折するか、怪我をしてしまったのかも。そんな想像に、勝手な行動は禁止されているのも忘れ、凜花の身体は声のした方へ駆け出していた。

後宮《こうきゅう》に近づくと、バルコニーから身体を乗り出すようにして、白い肌に金髪の美しい女性が、下を指さして何かを叫んでいた。

バルコニーからは何人かの若く美しい女性たちが何か騒ぎながら下を覗き込んでいるけれど、高い塀を越えなければ凜花には見えない。

塀は頑丈な石積みで足がかりはなく、凜花の背丈の三倍くらいの高さがある。凜花は塀の近くに植えられている菩提樹の木に登り、大きく広げている枝伝いに塀に上がった。

向こう側は同じような高い石造りの塀に四方を囲まれた広い庭園で、見る限りでは別に変わった様子はない。

「叫び声が聞こえたけど、何かあったんですかっ？」

凛花は心配そうに覗き込んでいる女性に声をかける。

「何か獣がいたから覗いていたら、首飾りが外れて落ちてしまったの。父の形見の大切な品なんです」

父の形見の品。凛花は他人事とは思えず、考えるよりも早く塀から飛び降りた。

雑草を掻き分け首飾りを落としたらしい場所まで移動する。

草むらにキラキラと光を反射する物が見え、凛花は急いでそれを拾い上げた。宝石がたくさんついた、ずっしりと重みのある豪華な物だった。

「首飾り、ありましたよっ」

凛花は心配そうな表情で見守っている女性に向かって、首飾りを持った手を振った。

「どなたか知りませんが、ありがとうございます……！」

身を乗り出した女性が嬉しそうに礼を言ったあと、急にキャァッ！　と叫んで顔を隠した。

「やっぱり獣よ……っ。庭に獣がいますわ！」

とたん、バルコニーから悲鳴が上がり、女性たちが凛花の後ろを指さしている。

何事だろうと振り向いた凛花は、ヒユ……ッ！　と鋭く息を呑《の》み、その場に固まった。

大きな獅子がのっそりと音も立てず近づいてくる。

その後ろからも凛花を包囲するように数頭の獅子が背を低く屈めて近寄ってきていた。

さっきまで姿はなかったはずなのに、獅子たちはいったいどこから来たのか、と視線を巡らせると、向こう側の石塀に嵌《は》め込まれた鉄製の小さな扉が半開きになっているのが見えた。

何とか逃げ場はないかと探すけれど、塀の内側には足場になるような高い樹がない。

凜花がいくら身軽といっても、背丈の三倍もある塀を乗り越えるのは無理だ。凜花は首飾りを傷つけないように塀際に置くと塀を背にして獅子の方を向いた。

……どうか、この獅子たちが空腹でありませんように……。

凜花はともすれば恐れに混乱しそうになりながら、群れのボスらしいひときわ大きな獅子をぐっと睨《にら》みつけた。

――グアォッ！

獅子は大きな口を開け鋭い牙を剝《む》き、凜花を威嚇《いかく》するように吠えた。

女性たちの悲鳴があがる。

獅子の迫力におののき、隙を見せれば飛びかかられそうで視線を逸《そ》らすこともできずにいたが、恐怖と焦《あせ》りの中、剝き出された左牙の先が少し欠けていることに気づく。よく見れば色艶のいい毛並みの左前脚に傷跡もあった。

「もしかして……君、あの時の獣兵…なのか？」

恐る恐る声をかけると、獅子も凜花の声を聞いたとたん威嚇の唸《うな》りをやめ、それからゆっくりと匂いを嗅《か》ぐように凜花の周りを歩く。

あの時は泥だらけの汚い姿だったからかすぐには分からなかったようだが、声を聞いて思い出したようだ。

まるで凜花の言葉を理解したかのように、獅子はクルゥ…、とどこか甘えた鳴き声を返す。

警戒と敵意が完全に消えたのが見てとれて、全身から力が抜け、凜花はホッと息をついた。

「やっぱりお前か。脇腹の傷はほとんど目立たなくなってる……よかったなぁ」

患部だった箇所を診《み》てみると、槍で突かれた痕は毛を掻き分けなければ分からないほどに回復している。

獅子は顔を上げて凜花の頰をザラリとした舌で一舐めすると、大きな頭をすりすりと擦りつけてきた。その強い力に押されて立っていられず、尻餅をついてしまった凜花に、獅子が圧し掛かってくる。

バルコニーから固唾を吞んで見ている女性たちからは、凜花が襲われているようにしか見えないらしく、けたたましい悲鳴があがる。

そんなことに構わず、ボスは大きな図体を猫のようにすりつけ、凜花にじゃれついている。

「ひゃっ。……あははっ。やめろってば、くすぐったいって！」

凜花がボスの頭を押しのけていたら、もう一頭の獅子がすり寄ってきた。

「あ、もしかして君は……」

負傷していたもう一頭の若い獅子だった。背中の傷は目立たなくなっているけれど、頭の刀傷が三日月形に残ってしまっている。

「名誉の負傷だね。でもすごく格好いいよ。目印になってすぐ君だって分かるしね」

そう言いながら若い獅子の頭を撫でたら、ボスも撫でてくれというように凜花の手にたてがみを擦りつけてきた。

「ちょ…っ。もう、大きな図体してずいぶん甘えん坊なんだなぁ」

凜花は笑いながら二頭の頭を撫で、たてがみを指で梳《と》かす。すると意外と柔らかくて、太陽の匂いがした。

「ああ……このふさふさした感じ……気持ちいい」

凜花は獅子たちのたてがみに顔を埋めその手触りを愉《たの》しんだ。

その時、凜花たちの周りをうろついていた獅子たちが一斉に左右に分かれ、道を空ける。

どうしたのだろうと振り返った凜花の前に、獅子の子供がトコトコと歩み寄ってきた。

「うわぁ……可愛い…っ」

その仔は全身黒い体毛に覆われていて、獣兵たちの薄茶色い集団の中にあって、小さいながらも堂々とした姿はひと際目立っている。

仔獅子は遠慮する様子もなく凜花とボスの間に割り込むと、自分も撫でろと催促する。

「すごく柔らかでふわふわだね。ふふっ、気持ちいい……」

凜花が両手で撫でながら頬をすりすりしてやると、仔獅子は丸いお腹を出して寝そべり、短い脚をばたばたと動かして喜んだ。

すっかり凜花を仲間と認識したのか、大人の獅子たちも傍《かたわ》らに気持ちよさそうに寝そべったり、背中にじゃれついたりしてくる。

バルコニーの女性たちもようやく、獅子たちがじゃれて遊んでいるんだと分かったらしく、驚きや安堵《あんど》の声が漏れた。

凜花は騒ぎが大きくならないうちに早く引き上げるべきだと思ったけれど、仔獅子の凶悪なほどの可愛さと、ボスたちのごつい顔や体格に似合わず甘えてくる姿に嬉しくなって、なんだか立ち去りがたくなっていた。

その時――バルコニーにいる女性たちがざわめき立ち、黄色い声が上がった。

先ほど聞こえた切羽詰《せっぱつま》った悲鳴とはまた違う華やいだ声だ。

何事だろうとバルコニーを見上げて、凜花の心臓がドキリと脈打った。

ボスの背にもたれるようにして、仔獅子を抱き締めたまま固まる凜花の目に、女性を連れたアレクシオの姿が飛び込んできたのだ。

アレクシオの腕にすがりつくように身を寄せる妖艶《ようえん》で美しい女性。彼女は獅子と触れ合う凜花を獣と同じ怖いモノでも見るように見下ろしていた。

女性の豊満な胸や白くなめらかな脚がアレクシオの逞《たくま》しく引き締まった身体に絡むと、彼のその精悍《せいかん》さが引き立ち、いつにも増して匂い立つような男の艶が漂っていて……。

その光景に、凜花はなぜか急に胸の中が重苦しくなるのを感じ、そっと目を伏せ、唇を嚙み締める。

「そこで何をしている」

空気を震わせる険しい声音に、凜花だけでなく獅子たちもピクリと身体を震わせ、一斉にアレクシオを見上げる。

そんな中でも仔獅子だけが甘えたように、クゥーンと鼻を鳴らし全身で喜びを表していた。

「お前たち、凛花から離れろ」

アレクシオが自分の名前を呼ぶのを初めて聞いた。驚く凛花をよそに、周囲でじゃれついていた獅子たちは焦った様子で飛び退く。

不機嫌な声だった。許しも得ず勝手な行動をしたことを怒っているのだろうか。

「オシリス、また獣兵たちの邪魔をしているのか、乳母が探しているぞ」

オシリスという名前らしい仔獅子はアレクシオの言葉が分かるのか、しぶしぶ、といった様子でひょこんと立ち上がると、跳ねるようにしてどこかへと走り去っていく。

「見回りご苦労。バシュも部下たちを連れて根城《ねじろ》に帰れ、いいか」

アレクシオの命令に、ボスが「グルッ」と短く喉を震わせると、凛花の手を一舐めして背を向ける。

「バシュ、バイバイ」

凛花は思いがけず再会できた獅子たちと離れがたくて声をかけると、途中で立ち止まり振り返ったボスは、「またな」というように長いしっぽをクイッと波打たせたあと、仲間を引き連れて石塀の扉の向こう側へと消えた。

「凛花、すぐ行くからそこでじっとしていろ」

名残惜しく獅子たちを見送っていると、アレクシオに声をかけられてハッとして彼を見る。

「えっ。でも……」

バルコニーのアレクシオを見上げ、戸惑う。

傍らに立つ美女は、明らかに不満顔をしていた。それはそうだろう。アレクシオは政務で忙しく、彼と逢うこの時間は貴重なものなのだろうから。

大勢の美女に囲まれて立つアレクシオは、頭に布を巻かず黒髪を乱し、大きくはだけた長袍からは逞しい胸板が覗いていて……あふれんばかりの男としての魅力と力強さを放っていた。

後宮にいる美女たちの多くは、敗戦国の姫君や貴族の子女たちだと聞いた。見れば白い肌や褐色の肌、黒い肌の人もいて、衣装も様々に華やかで美しく魅惑的な女性ばかりだ。

それに対して自分の姿は……と見下ろしてみれば、真っ白だった長袍は樹に上ったり獅子たちとじゃれたせいですっかり汚れ、顔や髪の毛にも草や泥がこびりついている。

凜花は急いで衣服や顔の汚れを払い落としながら、以前は泥だらけで汚れていて当然だったのに、なんで今はアレクシオの目や美女たちの目を気にしているんだと、自分の不可解な行動に苦笑した。

「お、王様っ、大丈夫です。自分で帰れますから」

凜花は胸の中の重苦しいモヤモヤを吐き出すように、大きな声で叫ぶ。

「駄目だ。またどこかへ迷い込んだら面倒だ。待っていろ」

アレクシオは厳しい声でそう命令すると、バルコニーに集まっている美女たちを押しのけるようにして中へと消えた。

今は、アレクシオが後宮にいることの意味ぐらいは分かっている。だから彼の時間を邪魔してはいけない。そう思うのに。

理屈では分かっているのに、自分を気にかけてくれることが嬉しいと思ってしまう。そんな浮き立ちそうな自分の心を戒《いまし》めながら、凜花は服の汚れを払う。

少しの間待たされていた凜花の目の前で、いきなり石塀の一部が扉のように開いて、護衛が見守る中、アレクシオが現れた時は、魔術でも見ているのかと心底驚いた。

「あんなところに扉があるなんて、ぜんぜん分からなかったです」

「王宮内には抜け道や隠れ部屋などいろいろある。だが、そういう場所はほんの一握りの者しか知らないし、警備の目も光らせてあるからな」

アレクシオが厳しい口調で釘を刺す。

凜花がアレクシオに引き立てられるようにして部屋の前まで来た時、ケイティが現れた。

「アレクシオ様、失礼いたします」

彼女は胸に手を当て膝を折りアレクシオに敬意を表してから「凜花さん」と声をかけてきた。

「は、はいっ」

衣服や顔に泥や草木の灰汁《あく》をつけた汚い姿でアレクシオと一緒に部屋に入るところを見られ、彼女はどう思っているだろうと、緊張に身体を固くした。

「今日は本当にありがとうございました」

ケイティから礼を言われ、さらに頭まで下げられて凜花は信じられない思いに呆然《ぼうぜん》とする。

「あ、あの……ケイティさん？」

「姫様の大切な首飾りを命懸《いのちが》けで拾ってくださって、ありがとうございました。あの首飾りは姫様がとても大切にされていた物なので、私も嬉しかったんです」

首飾りを落とした彼女が、ケイティの主である姫だったのか。

初めてケイティから優しい笑顔を向けられて、凜花は驚くと同時に胸があたたかくなる。

「それでは王様、凜花さん失礼します」

深々と頭を下げて帰っていくケイティを見送って部屋に入ろうとした凜花は、ふと視線を感じて回廊のほうを見た。

「あ……可愛い」

柱の陰からちょこっと顔を覗かせて、こちらを見ている子供を見つける。

男の子は五、六歳といったところだろうか。整った顔立ちで、少しアレクシオに似ていた。

「こんにちは」

この王宮に来て初めて目にする幼い子供の姿に凜花は嬉しくなって、怖がらせないように優しく挨拶《あいさつ》した。

すると子供もパッと満面の笑顔になり、こちらへ走ってこようとする。

「まああ、オシリス様。こんなところにいらしたのですか。勝手に後宮に入ってはいけませんよ」

ようやく追いついたらしい中年の女性が、息を切らしながら男の子に走り寄って腕をつかんだ。

「アレクシオ様、どうも申し訳ございません。ちょっと目を離した隙に、お姿が見えなくなりまして」

女性はアレクシオに何度も頭を下げると、不満げな顔の男の子を連れて回廊の奥へと向かう。

男の子は女性に手を引かれながらも、凜花のほうを振り返って寂しそうに見つめてくる。

男の子のしょげた様子に後ろ髪引かれる凜花の手を、アレクシオがつかみ引き留める。

「オシリス今日は帰れ。明日なら遊びに来てもいいぞ」

アレクシオが大きな声でそう言い聞かせると、男の子は嬉しそうににっこりと笑ってぴょんぴょん飛び跳ねると、反対に女性を引っ張るようにして回廊の奥に姿を消した。

「あの、オシリスって、もしかして今の男の子……」

その名前は、先ほど獅子の群れの中にいた黒獅子の子供と同じだった。

「ああ。オシリスは俺と同じ黒獅子だ。まだ子供だがな」

「やっぱり……そうだったんですか」

黒獅子であるアレクシオと同じ血を引く男の子、もしかして……。

「まだ五歳だが黒獅子の血脈を継いだ子供だ。俺の跡継ぎとしてそろそろ鍛《きた》えていかねばと考えている」

「あ、あの男の子は、王様のお子様、ですか…?」

湧き出す疑念に、凜花は恐る恐る問う。

帝国を背負う彼にとって優秀な世継ぎを作るのも重大なことだ。そう分かっているのに、なぜか胸がギュッと締めつけられるように痛んで、息が苦しくなる。

「馬鹿なことを言うな。あれは俺の腹違いの弟だ」

「え……弟、ですか？」

すると思いがけない言葉を返されて、凜花はポカンと口を開いた。

年もかなり離れているから、てっきり子供かと思っていたのに。

勘違いだと分かったとたん、急に気持ちが軽くなるのを感じて、そんな不可解な自分に戸惑う。

「会ったばかりだというのに、ずいぶん仲睦まじげにはしゃいでいたな。……俺には逆らってばかりいるというのに」

どこか挑むようなまなざしで告げられて、凜花はギクリとする。

それは……この国に来た目的について頑《がん》として口を割らないことを言っているのだろうか。

戸惑っていると強引に腕をつかまれ、近くの部屋に引きずっていかれると、すぐさまベッドに押し倒された。

「お……王様っ。きれいな敷布が台無しになってしまいます」

まだ凜花の身体は汚れたままだ。真っ白な敷布に泥や灰汁が沁み込んでしまったりしたら。

抗《あらが》う凜花の身体の上に、アレクシオが強引に覆いかぶさってくる。

「構うか。散々焦《じ》らされて……我慢などできぬ」

アレクシオの欲情に濡れた瞳に射《い》ぬかれて、その獰猛《どうもう》さに凜花は息を吞んだ。

ふとアレクシオの身体から匂ってきた甘い移り香に、後宮にいた妖艶で美しい女性たちの姿を思い出し、なぜか胸が苦しくなる。

後宮の女性たちの色香で昂《たか》ぶっているところを邪魔してしまったから……だからこんなにも昂

ぶっているのだろうか。

「それは、僕ではなく……後宮の人たちのほうが」

豊かな膨《ふく》らみもないこんな細っこいだけの身体で、あの豊満な美女たちの代わりなどできるはずもない。

そもそも、オシリスは弟だったとしても、王であるアレクシオが将来世継ぎを作ることに変わりはないのだ。

「誰が拒んでいいと言った？　俺は今、欲しいのだ」

かすれた声でアレクシオは昂ぶりを凜花の下腹部に擦り付けてくる。その凶暴さと逞しさに、凜花は震えた。

「そのうえ、バシュたち……他の獣の匂いまでさせて……。お前はどうしてそんなに俺の心を掻き乱すのだ」

アレクシオは眉根を寄せ低く囁くと、もどかしそうにくちづけながら凜花の衣服をたくしあげた。

「ッ……ごめん、なさい……っ」

やはりバシュやオシリスと自分が騒いでしまい、アレクシオは後宮での愉しみを邪魔されたから苛《いら》ついているのだ。

彼はそのまま衣服を剝《は》ぎ取ろうとする。泥や獅子たちの匂いが染みついている衣服を見て、凜花は眉をひそめた。

「せめて、水浴びだけでも……」

身体や顔の汚れだけでも落としたい。どれだけ洗ったとしても、姫君たちのようにはなれないとしても。

「俺は何度も言ったはずだ。どんな高価な香水よりも、砂や草木の匂いのほうがいいと」

アレクシオはそう言うと舌を伸ばし凛花の土埃《つちぼこり》に汚れた頬を舐め、草の切れ端が絡んだ髪の毛を撫でた。

舐められた頬が熱くて、じわじわとその熱が全身に広がっていくのが分かる。

アレクシオは凛花の下着を脱がせると、寝台の横にある棚から瓶を取り出し、したたるほどのぬめりをすくい取って凛花の後孔へと塗り込めた。

「やわらかくなったな……ほら、もう三本呑み込んだぞ。最初の頃の頑《かたく》なさが嘘のようだ」

深く蕾《つぼみ》に突き入れた指をゆっくりと抜き差ししてその従順さを確かめると、彼は艶めいた声で囁いてくる。

「や……いや…だ、そんな……あぁ……ッ」

ここを出て行く時のためにも、彼に馴《な》らされてしまってはいけない。そう思うのに。

くちゅくちゅと淫らな水音を立てて己のが開いていく感覚に、自分がどんどん変えられていってしまうような恐怖と、背徳的な愉悦を覚えて凛花は唇を震わせた。

「まったく……お前は無自覚だからたちが悪い…ッ」

とろりと瞳を潤ませて喘ぐ凛花を見下ろして、アレクシオはたまらない、といわんばかりに低く吠える。

凛花の膝を抱え下肢を高く持ち上げると、すでに熱く猛っている欲望で凛花の身体を深く貫いた。

「ひぁ……んあぁっ、王…様っ」

凛花はその苦しさに背を反らして大きく喘ぎ、薄い胸を波打たせる。

それでも毎夜のように愛撫され彼の熱に馴らされた蕾は、アレクシオの熱塊《ねっかい》をより深くへと誘い込んでいった。

アレクシオは獰猛に唸り、逞しい腰を打ちつけてくる。

大きく激しい抽送《ちゅうそう》で激しく身体が揺すり上げられて、ベッドが軋《きし》む。

凛花は置いていかれないようにアレクシオの身体に両手ですがりつき、肌と肌を擦り合わせ、彼の熱い楔《くさび》を体内の奥深くまで受け入れて、腰を上げて足を絡める。

内壁が彼に絡みうねり吸いついて、それでも激しく抜き挿しを繰り返されて、あまりの快感に身体中の血が沸騰《ふっとう》したかのようになって肌が粟立《あわだ》つ。

「くぅ…んんっ、あぁ…っ、王様……王様ぁ……っ」

アレクシオに与えられる快楽はあまりにも大きすぎて、いくら抗おうとしても快感が大きなうねりのように凛花を飲み込み、愉悦の海に溺《おぼ》れてしまう。

凛花はアレクシオの腕の中で高い声を上げ頂点を極め……やがて白く意識を薄れさせていった

後宮での騒ぎがあった翌日、アレクシオは約束通りオシリスを凜花の部屋に連れてきた。

「早朝から押しかけてきて早くお前に会わせろとうるさくてな。こんなに簡単に他人になつく奴ではなかったはずだが」

「だってこいつ、いいにおいがするんだ。……なつかしいような、おひさまみたいなにおいで……なんか、ぽかぽかする」

迷惑そうなアレクシオの態度も意に介さず、といった調子でオシリスはうれしそうに凜花の傍《そば》に近寄って鼻をひくつかせる。

アレクシオも、凜花の匂いを褒めてくれた。

似たようなことを言うなんて、やはり黒獅子の血を持つ彼らには相通ずる感覚があるのだろうか。

「……まったく」

苦々しげに呟くアレクシオに小さく笑い、凜花はオシリスに向き直る。

「ありがとうございます、オシリス王子。僕は凜花と申します」

「オシリスでいい。それよりりんか、あれ、してくれ！」

凜花が名を呼ぶとオシリスは瞳を輝かせ、興奮した様子でそう言ってぶるりと身を震わせた。

すると次の瞬間、その身体にはぶわりと漆黒の獣毛が生えていき、見る間に見覚えのある仔獅子の姿となった。

「おい、オシリス！　あれほど気安く人前で変化するなと…っ」

『りんかはだいじょうぶだ。な？』

アレクシオの叱咤にもオシリスは尻尾をふりふりしながらそのつぶらな瞳で凛花を見上げる。

「はい。ふふっ、抱っこしてもいいですか？」

『いいぞ。りんかだからとくべつにゆるす』

背伸びした言い方がなんだか可愛くて、信頼されているのがうれしくて、凛花は顔をほころばせると、仔獅子となったオシリスを抱きかかえ、そのふわふわな毛に包まれた背を撫でる。

もふりとした心地よい手触りを楽しみながら、オシリスの求めるままに頭やあご、お腹を撫でていく。

オシリスはうっとりとした表情で気持ちよさそうに身を委ねていたけれど、途中から静かになったかと思うと、気づけばくぅくぅと寝息を立てていた。

人の姿に戻ったオシリスは、天使のようなあどけない表情で凛花の膝を枕にして横たわる。

「あはは、やっぱり子供だなぁ……」

ほら、とすっかり眠ってしまったオシリスの可愛い寝顔を見せようとして、アレクシオのほうを振り向く。

すると、いかにも不機嫌そうな表情で見下ろしてくるアレクシオに、凛花はたじろいだ。

「……お前、俺の存在を忘れていただろう」

「そ、そんなことないですよ！　むしろ……」

ずっとアレクシオの視線を意識していた。オシリスとのやり取りも、まるで息子を見守るお父さんみたいで微笑ましかった――と言いかけて、凜花は慌てて口をつぐむ。

二人が親子みたいだというなら、自分はいったいなんなのか。それ以上考えてはいけない気がしたからだ。

「貸せ。こいつは自分の部屋に戻しておく。……こいつがいては、お前を抱くこともできん」

有無を言わさず凜花の腕からオシリスをひょいと抱き上げると、アレクシオは部屋を出ていく。

無邪気に眠るオシリスを抱くアレクシオの姿は、やっぱり親子のようで……。

そんなアレクシオの後ろ姿になぜか胸が締め付けられるように苦しくなって、凜花はそんな自分の不可解な気持ちをもてあまして、目を伏せた。


「王がお呼びだ」

ハーリドが凜花の部屋を訪れたのは、後宮での騒ぎがあった数日後の夜のことだった。

王の腹心である彼が呼びに来るなんて、いったいどうしたのだろうか。

夜の静かな後宮の中を大股で歩いていくハーリドの後ろをついていきながら、初めてこの王宮に来た夜のことを思い出して、不安な気持ちになる。

あれからもうひと月が過ぎてしまっていた。いまだ母に会いに行くどころか、ここを抜け出す目処《めど》すら立っていないまま……。

回廊を何度か曲がり石段を下りて暗い庭を歩き、樹木の茂みの前でハーリドが立ち止まった。目を凝《こ》らせば暗い茂みの中に古ぼけた鉄の扉が見える。

「ここからは一人で行くんだ」

ハーリドが重そうな扉を開けて凛花を促す。

「……ハーリドさんは、一緒じゃないんですか？」

開けられた扉の向こうは狭いトンネルのような穴が続いていて、その暗さに、少し尻込みしながら訊《き》いた。

「王のご命令だ。さっさとしろ」

王を絶対的な存在として敬愛している者の厳しい声で言い渡され、暗がりに放り出された直後、背後で扉の閉じられる音がした。

凛花は呆然と閉じられた扉を見つめたあと、意を決して暗闇の中へ足を踏み入れた。

人一人がやっと通れるほどの狭い穴の中、壁を手探りしながらどれほど進んだだろうか。ようやく穴から抜け、広い場所に出た。

昼間の熱を孕《はら》んだ夜風が心地よく凛花の冷えた身体を包む。見上げれば、夜空一面に星がまたたき、赤味がかった三日月が浮かんでいた。

ガサリ、と音がして凛花が恐る恐るそちらを振り向いたとたん、光る大きな目と出会い飛び上がるほど驚いた。

茂みの深い夜陰に溶け込むように佇《たたず》む真っ黒な獣。

それは、黒獅子だった。空に浮かぶ三日月と同じ赤味がかった琥珀色《こはくいろ》の瞳がこちらを凝視している。

その神秘的な光景に、凛花は思わず息を呑んだ。

「……王様、ですか？」

凛花が思い切って声をかけてみると、

『そうだ』

アレクシオの声とともに、緊張する凛花へと黒獅子が音もなく歩み寄る。

夜の闇をそのまま切り取ったかのような漆黒のがっしりとした大きな獅子が、凛花のすぐ傍に寄り添うように立つ。

「……王様」

少し心細くなっていたこともあって、凛花はその感触を確かめるように豊かなたてがみに手を伸ばしてそっと触れる。艶やかに盛り上がった肩から背中をさわさわと撫でた。

先日触れたバシュや若獅子たちの逞しい筋肉を包んだ体毛やたてがみの手触りも気持ちよかったけれど、それとは比べ物にならないほどの滑らかな感触と重量感に圧倒される。

アレクシオはしばらく凛花の好きにさせていたが、『俺の背中に乗れ』と言って身を屈《かが》めた。

「えっ。……背中に、ですか？」

王様の背に乗るなんていいのだろうかと躊躇《ちゅうちょ》していると、『早くしろ』とアレクシオが振り返って促してくる。

凜花は好奇心も手伝って、思い切って背に跨《また》ると、肩に両手を置いた。

『もっと俺の背に身体をくっつけて、たてがみをしっかり持つんだ』

「は、はいっ」

言われるままに艶やかな毛並みの背を抱くようにして両手でたてがみをつかんだとたん、彼がすっくと立ち上がる。

「う、うわっ」

思った以上に高くなった視界に、凜花は慌てて彼の大きな背にきつくしがみつく。

『そうだ、そうやって俺に抱きついていろ』

言うなり足音も立てず、黒獅子は軽快に走り出す。

遠くに城の尖塔や城壁が影絵のように木々の間から見えているから、たぶんここは広大な王宮の一部のはずだが、まるで大自然の中の草原地帯や岩場にいるみたいだった。

これまでも様々な場所を父と一緒に渡り歩いてきた。

けれど……流れる風や空気が、まるで世界が変わったかのように今までに経験したものとはぜんぜん違うものに感じるのはなぜだろう。

最初は振り落とされないように身体を固くして強くしがみついていたけれど、黒獅子の背は安定感があって、慣れてくると彼と一緒になって草原の中を疾走しているような爽快感に、凜花は笑みを零《こぼ》す。

跳躍《ちょうやく》するたびに逞しい筋肉の動きが伝わってくる心地よさに、凜花はアレクシオの背にぴたりと身を寄せ、彼の鼓動を感じていた。

夜目が利《き》く獅子となったアレクシオは、暗く広い草原を危なげなく、灌木《かんぼく》の間をくぐり雑草を踏み分け岩を飛び越えて、星や三日月さえも従えて疾走していく。

凜花は草木や岩や砂の感覚と匂い、それに草原特有の空気の流れなどが衣服や皮膚を通して身体の中にまで染み込んでくるのを感じ、久しぶりに自由に旅していた時に見てきた壮大な風景を思い出していた。

アレクシオはしばらく草原を駆け巡っていたが、やがて小高くなっている岩山の上に駆け上がると凜花を背に乗せたままゆったりとうつ伏せになった。

「すごいなぁ……！　ここからだと、ずいぶん遠くまで見渡すことができるんですね」

眼下に広がる夜景に感激しつつ、凜花も背から降りた。

アレクシオの横に座り、少し冷えてきた身体を寄せる。すると、ふかふかのあたたかな毛に包まれるのがたまらなく心地よくて、思わずため息が零れた。

この宮殿自体が高い地形の上に建っているせいで岩山の上から見下ろすと、城壁の遙《はる》か向こうに家々がともす灯《あか》りが点々と広がっているのが見えて、天上の星とはまた違うあたたかな光の色に、なぜか懐かしいような、切ない気持ちが胸に迫る。

『一番近い街の繁華街の灯りだ。すぐ右側に見える大きなドームの寺院は俺たちの先祖たちを祀《まつ》ってある。その向こうに、昼間なら湖が光って見えるんだが……』

アレクシオの言葉に、凜花は心の中に沸き起こるざわめきを懸命に抑えながら、その湖がある方角を見つめた。

「暗くて僕には全然見えないですけど、……なんていう湖なのですか」

「チュナク湖と言うのだが、近くに行けば海かと思うほど大きいぞ。俺も子供時代に泳ぎに行ったきりで、今はそんな暇も自由もないがな」

「チュナク湖……ですか……」

アレクシオののんびりとした声とは反対に、凜花の喉は干上がったようになり、鼓動は忙しなく脈打つ。

母の生家はチュナク湖のすぐ近くで、広くオリーブ園やぶどう畑を持つ、荘園を管理するイシユリ領主の一人娘であったと父から教えられている。

当時荘園で奴隷として働いていた父と深く愛し合うようになり、許されない愛に国外に逃れようとしたところ、凜花を身ごもってしまった。密かに出産して三人で逃れようとしたが、元々身体が弱く出産後に難病に冒され、足が不自由になってしまった母に過酷な旅などとてもできないと、父は生まれたばかりの凜花と二人で、荘園へ出入りしていた業者のキャラバンに紛れて密かに出国したと聞いた。

早く母のために、薬草を届けたかった。

あの湖の近くに母がいるかもしれない、そう思うと胸がギュッと握りつぶされるように苦しくなる。

『どうした？　景色を見たら、城の外が恋しくなったか』

アレクシオの咎《とが》めるような声に、凜花はハッとして「い、いえ」と首を振った。

『そうか……まあいい。また外に出たければ俺が折を見て連れていってやろう。海辺の離宮もいいが、何もない砂漠の真ん中で夜営するのもいいぞ』

「……はい」

本当に行きたい場所に連れていってもらうことは無理だろう。……けれど、彼の気持ちは涙が出るほど嬉しかった。

自分が自由民でなく、彼に対してなんの隠し事もなく、ただ平穏な心でこうして共にいられたら。

凜花はアレクシオの肩に寄り添い、彼の力強い鼓動を聞きながら、震えるような吐息を繰り返した。

夜が深くなるにつれて光を増す星と月と、反対に一つずつ消えていく家々の灯りを、二人は無言のままじっと見つめていた。

『このあたり一帯、太古は海底だったそうだ。やがて海底が隆起して豊かな湿地帯や草原に変わっていったんだ』

不意にアレクシオが琥珀色に光る瞳であたりを見渡しながら口を開いた。

「ここが大昔は海だったんですか？　初めて知りました」

『俺たちの先祖たちは洞穴を棲家《すみか》に繁殖して、獅子の中で一番大きな体軀《たいく》と強い力と知恵で他を支配して獅子の国を創っていったんだが、体力知力ともに優れていた黒獅子だけが、人型に変化できたんだそうだ』

信じがたいことだけれど、他の誰からでもなく彼の口から聞けば本当だと思える。

『それが何世紀もの時代を経《へ》るうちに、近隣に住んでいた人間を従え、黒獅子が人間と交合するようになり……王族の血脈を継ぐ人間の中にだけ、黒獅子となる者が出現するようになった——というわけだ。人間と共生するため、そのことは外部には秘匿《ひとく》することになったが』

「……そう、だったんですか」

なぜ秘匿すべき国の成り立ちを自由民である自分なんかに。

そんな戸惑いと、ここを出るつもりの自分が知ってしまってよかったのか、という葛藤《かっとう》はあったけれど……その心の奥底に、嬉しいと思う気持ちが湧き出すのを止めることはできなかった。

「あなたは……大昔の黒獅子の血を絶やさず受け継いでいく、選ばれた王様なんですね」

緑の地から荒れ野になってしまった国土に、豊かな街を築き一大帝国を成してきた一族の末裔《まつえい》。

その責任の大きさと重さは、流れる雲や水のように旅していた自分には想像もつかない。

『国王となった以上、国をさらに大きくして栄えさせていくための責務や重圧に耐えていく覚悟はあるが、どうしようもなく自由な野性の血が騒ぐ時や王宮の中での政務に疲れた時、無性に原始の姿に返って草原を駆けたくなるんだ。誰かと一緒にこの場所に来るとは思いもしなかったが……』

そう言って黒獅子が太い首を曲げて凜花の顔を見た。

「……はい。ご一緒できて……嬉しかったです」

強くて怖い英雄で、国民からは尊敬され崇拝《すうはい》されているバルバロス帝国国王。だけど、彼も一人の若い男性なのだ。

素の部分を見せてくれたアレクシオに、凜花は涙が出そうなほどの感動を覚えると同時に、自分は彼の前にすべてをさらけ出せない胸の苦しさに、身を縮めた。

『なんだ、寒いのか。お前は俺のような毛皮がないからな』

だいぶ冷え込んできた夜気に薄着の凜花を気遣ってか、彼が太い前脚で抱き寄せる。

「……あったかい……」

凜花は涙がにじんでいる目を伏せると、あたたかな体毛に身体をすり寄せた。

『お前は変わっているな。大抵の者は間近に獅子を見ただけで恐れ騒ぐものだが……この間の姫みたいにな』

アレクシオの苦笑する声が、体内深くからくぐもって聞こえてくる。

「そんな……」

あの時の後宮にいた美女たちの態度を思い出すと、また違った悲しい気持ちに包まれる。

――俺を、怖がるな。

アレクシオの声なき叫びが脳裏によみがえる。力を持つ獅子に人々が怯えるのは仕方ないこととはいえ、人の心を持つ彼がその態度をどう感じるか、考えると――

『まあ、あの娘は西方の小国の王女だから獅子を初めて見て驚いたのだろう』

事もなげに言われ、ますます胸苦しさが増してくる。それを悟られまいと、凜花は艶やかなたてがみに顔を埋めた。

静寂の中に彼の鼓動と息遣いとが直に伝わってきて、その力強い響きにほっと息をついた。

「でも……バシュたち獣兵は、王様の命令がなければ、やたらと人を襲ったりしないんでしょう」

凜花はバシュたちと思いがけず再会できた喜びを思い出し、馬車の中でハーリドが言っていたことを聞いた。

『そう訓練してある。だがそれを後宮の者には言ってはいない。獣兵たちを後宮の中をああしてうろうろと歩き回らせて、逃走や不法侵入を防ぐ番兵としているのだからな』

それであの時、見回りご苦労、とアレクシオが声をかけていたのかと納得した。

『しかしまさか、隊長のバシュを手懐けてしまうとはな。ずいぶんとじゃれ合っていたようだが』

アレクシオがふいに低い声で呟く。

「彼らの触り心地もよかったけど……王様のほうが、ずっとずうっと、艶やかな毛並みでふわふわしていて温かくて……とっても気持ちいいです」

凜花はをたてがみに顔をうずめ、背を撫でながら素直な気持ちを伝えた。

『そうか……俺の方が、気持ちいいか』

アレクシオは満更《まんざら》でもない声を出し、くつろいだように上向きに寝そべると、凜花を胸の上に抱き寄せた。

凛花は逞しい胸に抱かれ柔かな胸毛に頰をすり寄せて目を閉じると、えも言われぬ心地いい安らぎを覚えてこのまま眠ってしまいそうになる。

『おい、眠るな』

顔を覗き込んだ黒獅子が凛花の身体を顔の前まで引き上げると、頰や首筋を舐めた。

「あはは……もうっ、くすぐったいですよ」

大きな図体で、まるで猫のようにじゃれつかれて、凛花は身をよじり、笑いながらその身体にしがみつく。

『ああ……もう限界だ』

アレクシオは突然そう唸るなり、凛花を背中にすくい上げるようにして乗せると、『しっかりつかまっていろ』と釘を刺し、岩山を駆け下りていく。

「もう帰ってしまうのですか…？」

少し残念な気持ちで尋《たず》ねると、彼は無言のまま、麓《ふもと》にある洞穴の中に入っていった。

洞穴の中は暗く、入り口から少し入っただけで星や月の光も届かず真っ暗闇になる。

凛花は落とされないようにたてがみに強くしがみついていたが、間もなくアレクシオは動きを止めた。

『降りて、そこでじっとしていろ』

アレクシオの声に凛花は恐る恐る彼の背から降りた。少しひんやりとした湿った空気が全身を取り巻く。

「王様……っ？」

鼻を摘《つま》まれても分からないほどの暗闇の中にしばらくの間立っていたけれど、何も聞こえず何も見えない闇の空間に置き去りにされたような不安に駆られた凜花は、アレクシオを求めて両手を広げ周りを探った。

「泣きそうな声を出すな……俺はここだ」

アレクシオの声とともに洞内がぼうっと明るくなり、男の影が洞窟の壁面に浮かび上がる。

驚いて振り返るとまるで神話の世界の主人公のように、獅子から精悍な男性の姿に戻ってランプを掲げるアレクシオの姿があった。

「……王様…っ」

凜花はアレクシオの傍に駆け寄り、その黒獅子を思わせる漆黒の衣装に縋りついた。

「どうした、心細かったのか」

「はい。でも……いつの間に？」

王から突然黒獅子に変化した時もそうだけれど、獅子から王の姿になったのを目の当たりにして、驚きとともに、どこか現実味のない幽玄《ゆうげん》の世界に迷い込んだような、そんな心地になってしまう。

「獅子のままではこうして火を灯すこともできないだろう。それに、凜花を抱き締めて愛撫するにも不自由だ」

アレクシオはランプを岩棚の上に置くと、まだ呆然と立っている凜花を抱き上げて洞窟の奥へと運んでいく。

ごつごつとした岩壁の際に、少し小高く盛り上がった場所に毛皮を敷いただけの褥《しとね》がある。毛皮の下は干し草が積まれているらしく、特有のあたたかな香りが漂う。

その上に凜花の身体がそっと横たえられた。

懐かしい干し草の香りとアレクシオの体温に包まれて、凜花は震える息をついた。

華麗な王宮の中にこんな場所があるなんて、思いもしなかった。

彼にとって誰の目も憚《はばか》ることなく野生に戻れる、神聖で秘密の場所であるはずなのに、それを惜しげもなく自分に見せてくれるなんて。

アレクシオが自分の本性をすべて凜花の前にあらわにして、国の成り立ちまで話してくれたのに、自分はこうして決して打ち明けられぬ秘密を持ったまま、彼の胸に抱かれている。

それが苦しくて、胸が痛くてたまらないのに、どうすることもできなくて……。

見上げた先に、ランプの薄灯りに浮かんだ彫りの深い相貌《そうぼう》が近づけられた。

まるで慈《いつく》しむような優しいまなざしを向けられて、ますます後ろめたく胸苦しい気持ちが膨らんでくる。

凜花はそんな思いを苦く呑み下して、アレクシオの胸に強く縋りついた。

「なんだ、えらく積極的だな。我慢できないのか」

アレクシオのからかう声にさえも涙がにじんでくる。

言えない言葉を呑み込む苦しさに、彼を見つめる凜花の瞳から涙が転がり落ちる。

するとアレクシオは眉を寄せ、凜花の涙を指ですくうと、

「すまない……意地悪を言ってしまったな。さっきからお前の匂いを嗅がされ続けて、我慢の限界なのは、俺のほうなのに」

涙の訳をどう受け取ったのか、彼はなだめるようにそう囁くと、凜花の頰を両手で包みついばむように軽くくちづける。

――ああ、土と草木の匂い……。

最初、香水よりもいい匂いだと言われた時は信じがたい気持ちだったけれど、彼から伝わるこの匂いのように、自分の身体に染みついている自然界の匂いに、彼の中に秘められた野生の魂《たましい》が共鳴するのかもしれない。今はそんな風に思えた。

「ぼ、僕……も、です」

正直に口にしたとたん、まるで炎が沸き起こったように、凜花の胸が熱くなる。

耳元に囁く低く官能をくすぐる声や逞しく熱い身体。アレクシオに包み込まれるように抱かれているだけで、凜花の身体も熱を帯びてくるのだ。

アレクシオの手で性急に衣服がめくり上げられて、あらわになった腹部や胸に長い指が這う。

優しくくちづけていたアレクシオの舌が、凜花の唇を舐め溶かすように愛撫しながら口腔《こうこう》に挿《さ》し込まれた。

「あ…ぁ……王様…ぁ……」

入り込んできた厚みのある強靭《きょうじん》な舌に口腔の感じる場所をねっとりと刺激されて、早くも頭の中がかすんでくる。

凜花の舌が絡められ引き出されて、彼の口内に誘い込まれ甘噛みされ強く、吸い上げられた。アレクシオとのくちづけも幾度も経験して、少しは上手く応えることができるようになってきたと思ったけれど……やはりいまだに彼に翻弄《ほんろう》される一方だった。

ぴちゃりと淫らな音を立ててくちづけが解かれ、凜花が大きく胸を喘がせていると、つう…、と糸を引きながら下りてきた彼の唇が、小さく色づいた尖りを含む。

「あ……っ、あぁ……！」

以前は男の乳首などただの飾りにすぎないと思っていたのに。快感を得られる場所だとアレクシオによって教え込まれてからは、指で弄《いじ》られこねられるとたまらなく感じるようになってしまった。

そのうえ熟《う》れてきた胸の先を舌で濡らされ、吸い上げられて、鮮やかな快感が凜花の背筋を駆け抜ける。

「お、王様……」

凜花は身体があからさまに変化していくのを感じて、彼の目から隠そうと焦りながら固く両足をすり合わせた。

「まだ恥ずかしいのか…？　本当に初心《うぶ》だな、お前は」

アレクシオが顔を上げ、からかうような笑みを浮かべながら言う。

自分でもおかしいと思う。何度も肌を合わせて、自分さえ知らない恥ずかしい部分も彼にさらけ出し、身体の奥深くまで暴かれているというのに。愛撫されて、沸き起こる快感に身体が昂ぶっていくさまを彼に見られるのは、いまだに抵抗があるのだ。

「隠そうとしても無駄だぞ。お前の淫らな姿を、俺はもう何度も見ているのだからな」

アレクシオは凜花の両足を大きく割り広げると、臀部《でんぶ》の下に自分の膝を挿し込み腰を上げさせて、凜花の青いながらも男である性器をことさら強調するようにして見せつける。

「や、あぁ…っ」

羞恥に目を逸らすのが精いっぱいなのに、さらに大きく両足を広げられて、凜花はか細い声を上げた。

「お前が乱れるのをもっと見たい……我を忘れ、俺に溺れるさまを」

そう言いながらアレクシオの顔が下がっていくのを感じ、凜花は慌てて身をよじって逃れようとする。けれど彼は片手で胸を押さえただけで、凜花の動きを封じてしまった。

「あぁ…ッ、お、王様、駄目です…っ」

アレクシオは凜花に見せつけるように、伸ばした舌で腹部の窪みをくすぐり、さらに下へと這い、勃ち上がりかけている欲望をねろりと舐める。

必死で抵抗したけれどやめてくれるわけもなく、肉厚の唇に昂った陰茎を咥《くわ》えられたとたん、頭は真っ白になり、痺れるような快感が襲いかかってきて、凜花はきつく背をしならせた。

「んぁっ、あぁ……ッ」

舌を絡められ舐められて、ちゅくちゅくと音を立てて吸われて、羞恥と快感が身体の中で渦巻《うずま》いていく。

アレクシオの唇できつく咥え込まれたまま上下させられるたびに、耐えきれないほどの快感が腰の奥に湧きあがり、腰が小刻みに震え出す。

「お、お願い……離してくださいっ、もぅ……っ」

凜花は今にも達してしまいそうな感覚に、切羽詰った声で訴える。

「そのまま出せばいい」

深く咥えたまま吸い込むようにして喉を震わされて、必死に耐えていたものが限界を超えた。

「うあっ、くぅ…んんっ！」

強烈すぎる快感に意識が白くかすみ、気づけばアレクシオの口内に自分の欲情を放ってしまった。

「あぁ…っ、す、すみません……ッ」

アレクシオの魅惑的な唇が自分の出したもので濡れているさまを見て、申し訳なさと羞恥、そして収まりきらない愉悦の余韻とに、頭の中がグチャグチャになりながら謝る。

「何も、泣くことはないだろう……」

指でこめかみを拭われて、知らず涙を零していたことを知る。

「王、王様ともあろう人が……こんなこと……」

まるで奉仕するような行為を、ましてや、自由民である自分なんかに。

「王といえどもこうして裸になればただの男だ。快感を得る行為に貴賤《きせん》はない」

「それは……」

アレクシオも王衣を脱げば、一人の年若き男性であるということなのだろうか。

彼も黒獅子という高貴な血脈の中に猛り立つ野生の本能を持て余し、目に見えない様々な重圧を受けて苦しみながら孤独と闘っているのだと、思い知ったばかりだった。

「アレクシオ、様……」

凜花は胸苦しさを逃がすように震える息をつき、思い切って彼の名を呼んでみる。

「……初めて名前で呼んだな。王様、よりもそのほうがいい」

目を細めて笑みを浮かべ、そう囁くアレクシオに、凜花は瞳を潤ませた。

今だけは、王ではなくただのアレクシオとして彼を感じていたい。

彼に毎日のように抱かれ性の悦《よろこ》びを教えられた肌は、彼の低い声や熱い息、そして長い指や大きな手のひらを感じるだけで、簡単に熱を帯び、疼《うず》き出すようになってしまった。

凜花から、手を広げて彼を求める。

するとアレクシオは凜花を抱き締め、たまらなくなったように唸り、勢いよく身体を起こしてきた。

凜花の腰を抱え上げてきた。

「あぁ…っ、アレクシオ、様……っ」

彼の獰猛な欲望を肌身に感じ、凜花はゾクリと背を粟立たせる。

「さっきの雫《しずく》も乾かないうちに、もう露が滲んできているぞ、ほら」

彼に知られたくなくて身をよじった瞬間、身体をうつ伏せにされ、腰だけを高く持ち上げられて獣のように這わされる。

「こ、こんな……っ」

恥ずかしい姿勢に抵抗しようとしたけれど、背筋をつうっと指で撫でられて、思わず動きを止めた。

「真っ直ぐに伸びた背筋、締まった腰……綺麗だ」

背筋から腰のラインを指が這い、さらに舌が追いかけるようにして唾液で濡らしていく。

「……あ、あぁ……」

その刺激に凜花は背を震わせ、小さく喘いだ。

そして愛撫の指が双丘にたどり着くと、彼は尻たぶをおもむろに左右に広げ、息づいている後孔に舌を這わせて唾液で濡らしながら、指の腹で周りをゆるゆると撫でる。

「やぁ、あっ、アレクシオ、さま……」

凜花はヒクヒクと後孔が物欲しそうに蠢《うごめ》くのを感じ、羞恥と快感に全身を熱く火照《ほて》らせながら、毛皮の上に顔を伏せた。

たまらなく恥ずかしいのに、身体は彼の熱い欲望を受け入れようと疼いている。

双丘の狭間《はざま》に、すでに滾《たぎ》った逞しい昂ぶりがあてがわれる。

「んぁ…っ、くうぅ……っ」

凜花の後孔の襞《ひだ》を限界まで拡げながら、嵩高《かさだか》い部分が押し入ってくる。

「そんなに身体を固くするな。ゆっくり息をして……俺に身を預けろ」

アレクシオの囁きにそっと息をつき、後ろにいる彼を振り返る。

するとアレクシオは情欲を帯びた瞳で凜花を見つめながら、昂ぶりをゆっくりと内奥深くへとうずめていく。

求めたものが与えられ、痺れるような愉悦が胸に走る。

「ひぁっ……んあぁ……！」

時間をかけ奥の奥まで挿し込まれて、それでもまだ足りないのか、腰を引き寄せられてさらにグッと突き入れられる。

「あ、あぁ……っ」

内壁を限界まで広げられその深すぎる結合に、凜花は喘ぐ。熱塊を打ち込まれ、貫かれる衝撃に、もう顔を上げていることもできなかった。

「……凜花……」

最奥《さいおう》まで征服すると、アレクシオが満足げなため息を落とし、ゆっくりと律動を始める。

隙間もなく内壁いっぱいに埋められた楔の抽送を繰り返されて、凜花は喘いだ。

「あぁ、アレクシオ……さ、ま……っ」

頬をベッドに押しつけ腰を高く掲げさせられた体勢で後ろから貫かれて、最奥まで揺すり入れられ、入り口まで音を立てて引き抜かれる。

その衝撃と充足感と喪失感、それを繰り返し与えられながら、凜花の内膜は潤み熱くうねってアレクシオに絡みつき締め付けていく。

「凜花……お前も俺を欲しがっているのか」

アレクシオの声も少しうわずっていて、腰の動きが速くなる。

「あっ、だ、ダメ……そこ、いじっちゃ……っ」

腰を支えていた両手が胸に回されて、胸の先をキュッと摘まれて、凜花はビクビクと身体を震わせて喘ぐ。

「はぁ……あ、あ……」

胸の小さな二つの尖りは、先ほどからの律動に毛皮で擦られ刺激されて、熟れたように色づきジンジンと痺れていた。

「すごい、な……ここを弄ると中がうねって、俺を締め付けてくる…っ」

アレクシオが感に堪《た》えないような、掠れた声を上げる。

「……あぁっ、アレク…シオ、さまっ……っ」

硬く大きく張りつめた欲望に、抽送を激しく繰り返されながら、感じてたまらない胸の尖りを弄られこねられて、激しすぎる快感に心も身体もとろかされ、二度目の絶頂に達し、凜花は震えながら白濁を放った。

あまりの快感に内膜が痙攣《けいれん》しアレクシオをキュッと締め付けて、彼の逞しい昂ぶりをありありと感じてしまい、また愉悦のさざ波が起きる。

もはや手足の力も入らず、ぐずぐずと毛皮の上に崩れ落ちた凜花の内奥に、アレクシオは続け

ざまに腰を大きく打ちつける。

「ひぅ……ッ！」

興奮に荒らげた息を首筋に感じた、と思った次の瞬間、首筋を食《は》まれた。それと同時に甘い刺激が走り、凜花はビクビクと身体を震わせる。

彼はたまらない、とばかりに獰猛な唸りをあげながら、身体の奥深くに欲望の飛沫を放った。

「んぁ……っ、あぁ……すご、ぃ……」

ドクドクと注ぎ込まれるその熱量におののきながらもとろけ、凜花はうっとりと目を細めて嬌《きょう》声《せい》を零す。

凜花の背中に荒い息を吐きながら、アレクシオがゆっくりと身体を重ねてくる。

汗ばんだ首筋や背中に唇を落とされながら、いまだ衰えを知らない昂ぶりの感触に、凜花はふるりと背を震わせた。

「凜花……」

いつの間にか髪の毛を結んでいた紐が解け、乱れて肌に貼りついた髪の毛を、アレクシオの長い指でかき上げ撫でられて、凜花はただ、「はい」と消えそうな声で答えた。

「この洞窟で、まさか誰かと抱き合うことがあるとはな……本当に、お前は……」

どこか戸惑いを含んだその声色に、凜花は背を丸め自分の胸をきつく抱いた。

そうして自分を律しなければ、アレクシオに対して湧き上がる、愛しさと哀しさと切なさに胸が潰れそうだったから。

この胸の苦しさをいっそ彼と抱き合うことで愉悦に流してしまえれば、と肌を深く合わせたのに、彼への想いはより強くなって、胸の痛みは増すばかりだった。

「……もうすぐ夜明けだ。ひと眠りして、一緒に朝日を見よう」

「……はい」

アレクシオの言葉一つ一つが心に沁み、どうしようもなく胸が高鳴る。なのに……。

横向きになった凜花の背中にぴたりとアレクシオが寄り添い、凜花を抱き締めて、満たされた吐息を漏らすと、やがて規則正しい寝息が聞こえはじめ、凜花の首筋をあたたかく濡らす。

――アレクシオ様……。

凜花は胸に回されているアレクシオの逞しい腕にそっと手を重ねながら、声を出さずに泣いた。

これ以上ないほどに深く身体を合わせ、寄り添い眠っているのに、いつかは彼を裏切らなければならないと思う苦しさにまた涙があふれてくる。

母に薬草を届けない限り、凜花の心の旅は終われない。

実行するためには、彼のいない隙に、こっそり出て行かなければならない。いつかは彼を裏切ることになる。

アレクシオと身も心も何一つ隔てるものを無くし、美しい朝日や満天の星空を見る日が訪れることはないだろう。

けれど、今はせめて夢だけでもと、凜花は背中に伝わる規則正しい呼吸を聞きながら目を閉じた。

「あ、三日月だ……」

暮れはじめた東の空に白っぽい三日月が浮かんでいるのを見つけ、凜花は震えるようなため息を落とした。

黒獅子に変化したアレクシオと一緒に草原を駆け、見上げたのも三日月だった。あれから早くも二十日以上過ぎてしまっている。

最近は夕暮れになると胸が締め付けられるように息苦しくなる。

とうとう今日も、何も行動を起こせないまま一日が終わってしまう、という焦りと、今日ももうアレクシオは来ないのではないか、という想いとが胸の中で複雑に絡み合い渦巻いてしまうから――

部屋でじっとしているのも落ち着かなくて、草木の優しい匂いで胸を満たせば心休まるかと庭に出てみたのに。薄暗い広場を挟んだ向こうの繁み越しに見える後宮の尖塔から、どうしても目を離すことができない。

以前なら単なる風景の中の一つだったのに、今となってはほのかに漏れ出る灯りにさえ胸がざわめく。

何日かアレクシオが部屋に姿を見せないだけで、いま彼はあの灯りの中にいて妖艶で美しい女性たちに囲まれているんじゃないかと、密かに心を疼かせている。

隙あれば王宮を抜け出すことを考え、心の中でアレクシオをずっと裏切り続けていながら、日を追うごとに彼への想いが深くなっていく。

自分には彼を想う資格などないのに、いつの間にそんな欲深い人間になってしまったのだろう。

凜花は潤みそうになる瞳で暮れていく空を見上げた。

何も行動できず表面上は平穏に過ぎていく日々をもどかしく思いつつも、ずっとこのままアレクシオの傍に、と思ってしまう自分もいて……心は千々《ちぢ》に乱れるばかりだ。

「凜花さんっ、庭に出ていちゃ駄目でしょう。兄王子様たちがこっそり後宮まで来られる時があるんですから」

ぼんやりと三日月を見上げていると、駆け寄り声を潜《ひそ》めて注意してきたケイティに、凜花はハッと我に返る。

「あ…っ、すみません！」

今朝、アレクシオにも注意されたばかりだったのに。

凜花は知らせてくれたケイティに謝ると、急いで部屋に駆け込んだ。

『今日は月に一度、王族が顔合わせをする日だ。後宮に興味を持っている異母兄たちが忍び込むかもしれん。部屋から出ないように、特に宴会になる夕方以降は気をつけろ』

今朝、アレクシオにそう言われていたのに。部屋でじっとしているといろいろと余計なことを考えて、息苦しさを感じ外へ出てしまった。

もしも異母兄たちに見つかって尋問でもされたら、自分だけでなくアレクシオの立場まで悪くなる。

凜花は用心のために扉に鍵をかけ灯りを消して、まだ眠くはないけれどベッドに横たわった。シーツに包まれるとアレクシオの匂いがして、たまらなく切なくなる。

昨晩もやってきた彼と、朝まで情を交わし合った。けれど……王宮を出て行ったら二度と彼と会うことはできないだろう。彼の匂いを忘れないように記憶しておきたい、と凜花はアレクシオの残り香を胸に吸い込んだ。

その時外から男性の話し声が聞こえてきて、ビクリと身体を震わせた。

凜花はベッドから降りると、音を立てないようにそっと窓から外を覗いてみた。

王族と分かる衣装を着た背の高い男性が二人、何か話しながら凜花のいる部屋のほうに近づいてくる。彼らがアレクシオの異母兄なのだろうか。

凜花は本能的に何か危険なものを感じて窓から離れ、タイル壁に背を押しつけ息を殺した。

「ここだろう。アレクシオが足しげく通っていると噂されている部屋は」

最初はアレクシオの声に似ていると思ったけれど、彼より野太い感じがする。

「らしいな。確かここは……あいつの母親が住んでいた部屋じゃないか？」

先ほどとはまた違う男性の声がする。ゆったりとした話し方、少し甘い感じの声だ。

「ああ…、父王を色香でたらし込んだ素性の知れない女だったな。垂涎《すいぜん》ものの妖艶な美女だったらしいが、あんな真っ黒な獅子を産むんだから……考えたら気持ち悪いものだな」

「魔女だって陰で噂されていたけど、今思えば本当だったのかもしれないね」

「あの女が急死したとたん、あんなに精力的だった父がすっかり覇気《はき》をなくして、病の床に伏すようになってしまったんだからな。噂通り本当にあの女に精気を吸い取られてしまったんだろうさ」

酔っているのか、アレクシオの生母のことを侮蔑《ぶべつ》を込めて声高に話す彼らに、凜花は衝撃を受けると同時に深い悲しみを覚えた。

本当に、彼らがアレクシオの異母兄なのだろうか？　半分でも血の繋がった兄弟なのに……。

凜花は重いため息をつき、改めて部屋を見渡す。

豪華な家具や華やかな室内の装飾品など、まるで女性向けのような造りだと思っていたけれど、まさかこの部屋にアレクシオの母親が住んでいたなんて。

そんな大切な場所だったとは知らなかったし、アレクシオも一切言わなかった。

もし彼の生母が住んでいた部屋だと知ったら、きっと自分が遠慮すると配慮してくれたのだろうか。

どうして……自分なんかをこんな大事な部屋に。そう思うと、胸が締め付けられるように疼き、熱いものが込み上げてくる。

「なんだ、鍵がかかっているぞ。おいっ、中に誰もいないのか!?　……くそッ」

そんな感慨を打ち破るように、ドスの利いた声が飛び込んでくる。強引に部屋に入るつもりなのか、取っ手を乱暴に回したり扉を蹴ったりする派手な音が響き渡った。

もし、室内に入ってこられたら、どうしよう……。

開かない扉に苛立ったように乱暴に揺すられて、今にも壊して押し入ってきそうな危機感に、凜花は怖さを懸命に呑み込み暗い部屋の中でじっと息をひそめていた。

「ああ、ジャーラム様にエイキュル様、こちらにおいでだったのですか」

その時誰かが近づいてきた気配がして二人に話しかける声が聞こえた。どうやらハーリドのようだ。

「くそっ、アレクシオの腰巾着《こしぎんちゃく》め」

とたんに異母兄たちは焦った様子でそう吐き捨て、扉から離れたのか耳障りな騒音は止んだ。

「王が先ほどからお二人を探しておいでです。どうぞお急ぎください」

ハーリドが来てくれたと分かり、凜花は安堵に身体の力が抜け、そのまま扉を背にずるずると崩れるようにして床に座り込んだ。

足音が遠ざかり、暗い室内が静寂に包まれる。

しばらくすると扉を小さく叩く音がして、凜花はピクッと身体を震わせた。

「凜花さん、ハーリドさんに来てもらったから、もう大丈夫だからね」

「あ、ケイティさん、ありがとうございました」

凜花が急いで礼を言うと、「いいのよ、お休みなさい」そう言って帰っていった。

最近、後宮で働く人たちに少しだけ親しみを持って接してもらえるようになった。

みんなが恐れている番兵代わりの獅子たちと仲良くなったことが噂となって、見かけによらず勇敢な少年だと評価されると同時に、獅子たちの怪我を治したことも知られ医薬の知識もあるらしいと一目置かれるようにもなったのだ。

そして騒ぎのきっかけとなった首飾りを落としてしまったのは、ケイティが召使いとして仕えていた姫君で、アレクシオが敵国との戦いに勝ったおりに一緒に連れてこられたのだと分かった。あの事件がきっかけで、凜花にきつくあたっていたケイティも好意的に対応してくれるようになった。

もちろんそれは嬉しいことだし、生活面で楽にはなったけれど、深く関わればその分ここを抜け出す時につらいから、凜花の気持ちは複雑だった。なるべく誰とも親しくならないほうがいいと、日々自戒《じかい》しながら暮らしているのに。

それでも怪我や病気で苦しそうな人を見るとどうしても放っておくことができず、父から授かった知識を生かして有り合わせの材料などで手当てをしてしまうことがたびたびあった。

部屋の掃除などをしてくれているナーセルとも、転んで痛めた膝を手当てしたことから仲良くなった。

「凜花さんのおかげで足の傷、ずいぶんよくなったのよ。本当にありがとう」

今朝もベッドのシーツを直し終えたナーセルが、包帯の巻かれている膝を撫でながら礼を告げてきた。

「傷がひどくならなくてよかったですね。でも、無理しないでください」

彼女は水桶を持ったまま転んで膝を怪我したのだが、凜花が手近にあった薬草や調理場で貰った小麦粉や調味料などを使って湿布を作り手当てしたところ、三日ほどで腫れが引き歩けるようになった。

まだ重いものを持ったり膝をついて拭き掃除をするのはつらそうなので、凜花がこっそりと手伝っている。

「凜花さん、自分のことを何も話さないから後宮のみんなが興味本位に勝手な噂を立ててるのよ。私も、凜花さんの言葉を信じなくて悪かったと思ってるわ……ごめんなさいね」

実は自分も奴隷から這い上がってこの後宮の下働きに上りつめた身の上なのだと、ナーセルは明かしてくれた。境遇《きょうぐう》が似通っているせいで余計凜花を妬《ねた》ましく思ってしまった、とも。

こんな風に気持ちを打ち明けてくれたナーセルに、なにも言えない自分が歯痒かった。

ナーセルが仕事ができなくなったらなんらかの処罰があるのかもしれないと、凜花はアレクシオにも黙って彼女のために薬剤を作り手当てをし続けた。それでも噂はひっそりと使用人たちの間に伝わっていったらしく、今までよそよそしかった人たちもいつの間にか親しみを持って挨拶してくれるようになった。

そのおかげで後宮内の様々な仕事をしている人たちと話をするうちに、今まで得られなかった知識をいろいろと仕入れることができた。

食事所は兵士たちや職人、下働きの人用など、何か所かに分かれているけれど、厨房は一度に大量の料理ができるように大がかりな設備があり大勢の料理人がいるらしい。

その料理に使われる食材は、新鮮な野菜や海産物、それに調味料など、それぞれ選ばれた王宮専属の業者がいて、毎日のように食料庫へ運ばれてくるという。

そして、厨房は王宮の裏門を通じて城壁の外へと繋がっていることを知った。

もちろん厳しい検問と通行証が必要だ。正面の大門をはじめいくつかある城門では大勢の兵士が監視していて抜け出すのは難しいけれど、業者が出入りしている裏門なら、なんとかなるかもしれない。

城壁の外にさえ出られれば、母の住む町まで歩いていく自信はある。

父から何度も詳しく母の家の様子や道筋も聞かされていたから、頭の中に叩き込まれている。

凜花は慎重に下調べをしたうえで、アレクシオに悟られないように王宮を抜け出す機会を待つことにした。

時には食後の食器をケイティと一緒に運んだり、ナーセルの皿洗いを手伝ったりして食事所と厨房の経路を辿り、厨房の構造や出入り口を調べた。

心密かに王宮を抜け出す準備をしながらも、それでもなかなか踏ん切りをつけることができずにいた凜花だったけれど……思いがけず、その機会がやってきた。

アレクシオが東部国境視察のため出掛けるから、明日から三日間ほど留守にすると言うのだ。

彼の口からそう聞いたとたん、凜花の胸は痛いほど緊張して息苦しくなった。

こんな機会を逃したら、母に会うことができるのはいつになるか分からない。先延ばしにすればするほど、母の症状がひどくなる可能性があるし、自分自身、これ以上秘密を抱える重圧に耐えられる自信がなかった。

「心配しなくとも、今回は戦闘をするわけではない。そんな心細そうな顔をするな」

凜花の緊張をどう受け取ったのか、アレクシオは凜花の身体を抱き締め、その目をじっと覗き込んだ。

「どうか……くれぐれも、お気をつけて……」

凜花は心の動揺や思惑を見透かされないように、精いっぱいの笑顔を作って答えた。

「ああ、おとなしく留守番をしているのだぞ。そうすれば土産を持って帰ってやろう」

まるで小さな子供に言い聞かせるようなアレクシオの言葉が心に痛くて、凜花は彼の琥珀色の瞳をまともに見ることができず、ただ「はい」と頷《うなず》きながら心の中では、ごめんなさい……とひたすら詫びていた。

そして凜花は母に会いに行く決心をし、罪悪感に苛《さいな》まれながらも、洗濯物干場からこっそりと赤いスカーフと花柄の布を取った。

三日の間になんとかして母親に会って薬を渡し、王宮に無事に帰って気づかれぬよう洗濯をして返すことができますようにと、祈る思いで懐《ふところ》に入れた。

＊＊＊＊＊

翌朝、アレクシオは少数精鋭の兵士たちを率いて国境視察に出発した。

凜花は洗濯干し場から拝借した赤いスカーフと花柄の布とを丸めて持ち、大切な母への薬を懐に入れると、そっと部屋を出て回廊沿いに食事所まで行った。

どうか知っている人と会いませんように。そう祈りながら、前もって下調べしておいた食事所の奥の扉を開けると石造りの長い廊下があり、突き当たりの角を曲がった先が厨房だ。向こうからざわざわとした雑音に混じって人の声も聞こえてくる。

凜花は廊下で急いで赤いスカーフを頭にかぶり、花柄の大きな布をスカートのように腰に巻きつけて変装した。

そしてドクドクと喉元までせり上がってきそうなほど激しく脈打つ心臓を懸命になだめ、厨房の入り口に立つ。

覚悟を決め、前後に開くようになっている木製の扉をそっと押して中を覗くと、驚くほど広い厨房には大勢の男女の使用人たちが忙しそうに働いていた。大きな机の上や床に置かれた竹籠には様々な種類の食材が盛られている。そしてずらりと並んだカマドの上では、土鍋や鉄鍋が美味しそうな湯気を立てていた。

「すごい……」

感嘆している場合ではないのだけれど、大人数の人間の食事を賄《まかな》うだけあってずいぶんと大がかりな厨房だ。

凜花はそっと厨房に忍び込んで手近にあった野菜屑が山盛りになった桶を抱えると、洗い場の横にある出口を目指した。

洗い場の人も調理の人も煮炊きをする人も、みんなそれぞれの持ち場で忙しそうにしていて、女装した凜花の行動に注意を払う者はいなかった。

厨房の出入り口は何か所かあったけれど、目をつけていた城壁の裏口に一番近い食料庫への出入り口へと急ぎ足で向かう。

食料庫の前にはぶどう酒を運んできたらしい幌《ほろ》付きの馬車が停まっていて、凜花は野菜屑の入った桶を置くとそっと荷台に上がり、空の樽《たる》が並べられたその奥に身体を隠した。

ほどなくして馬車がゴトリと動き出し、石畳に蹄《ひづめ》の音を響かせながら裏門へと近づいていく。

幌の破れた穴からそっと覗いてみたら、厳《いか》めしく武装した兵士が左右に武器を手にして仁王立ちしている。

見つかればあの槍で突き刺されてしまうかも、そんな思いで息苦しいほどに緊張している凜花とは対照的に、馬車の主人は兵士とは顔見知りらしく、天候の話を少ししただけで簡単に裏門から出て行った。

思っていたよりも簡単だった王宮からの脱出に、凜花はどこか拍子抜けすると同時に、アレクシオに対する罪悪感と、この後無事に母のところへ行けるだろうかという不安がもやもやと胸の中に沸き起こる。

アレクシオは今頃、自分が王宮を抜け出しているなどと思いもせず、国のために馬を走らせているのだろう。なのに、自分は――

『おとなしく留守番をしていたら、土産を持って帰ってやろう』

まるでなだめるように言ったアレクシオの声を思い出して胸が痛くなる。

なぜか今は、城を抜け出た安堵感よりも、アレクシオを裏切った罪悪感の方が強く、凛花の胸を締め付けた。

無事母に会い薬を渡し、アレクシオが帰還するまでに王宮に帰り着くことさえできたなら、謝って、そして……。

虫がいいとは思いながらも、そんなことを夢想する。

馬車は城壁沿いの広い道を走っていたが、やがて賑《にぎ》やかな通りに出ると速度が緩やかになる。

凛花はゆっくりと荷台の後方に移動すると、賑わいを見せるバザールの前で人ごみに立ち往生した馬車から急いで降りた。

大勢の買い物客でごったがえしている広いバザールの中を通り抜け反対側の道路に出ると、そこはまた違った華やかな雰囲気の街があった。

——一番近い街の繁華街の灯りだ。すぐ右側に見える大きなドームの寺院は俺たちの先祖を祀ってある。その向こう、昼間なら湖が光って見えるんだが……。

凛花は一度だけ見たチュナク湖方面の光景と、アレクシオの説明を必死に頭の中で思い浮かべ、あたりをつけると立派なモスクや住宅などが両側に建っている広い道路を東に向かって急いだ。

街中を抜け、古い寺院を右に曲がると南北に走る古い街道に出る。

凛花はスカーフで口元を覆いながら、長い長い街道を歩き、道が交差するたびに立ち止まり四方を確認する。

目印を辿りながら時には道に迷い、時には通行人に道筋を訊いたりしながらただひたすら母の家を目指した。

「あっ、湖が見える……！」

懸命に歩いて歩いて、前方に目的の湖が見えてきた瞬間、凜花の胸が高鳴る。

黒獅子となったアレクシオと岩山の上から遙か遠くの暗い湖を眺めたとき、いつかはここに来るのだと心に決めていたけれど、西日を受けてキラキラと光る湖面が近づくにつれ、喜びと不安とが一足ごとに募ってくる。

昔、父から聞いた話では、湖に突き出た崖の上には古い要塞があって、そこから西へ少し行ったところに母の住んでいる荘園があるらしい。

なんとかして日が沈むまでには母のところへたどり着きたいと、凜花は汗ばんだ額を拭いながら懸命に歩いた。

埃《ほこり》と汗で借り物の赤いスカーフは汚れ、スカートにした花柄の布も裾が所々ほころびてきた。

やがて湖に面した緩やかな丘陵《きゅうりょう》地帯に夕日に赤く染まったブドウ園やオリーブ園が見えてきて、湖からは涼しい風が吹いてくる。凜花は久しぶりに歩き続けたせいで痛む足を励ましながら力を振り絞って走った。

「ここが、母さんの……？」

豊かな緑の中に高い塀に囲まれた煉瓦葺《れんがぶ》きの屋根と白い外壁の立派な屋敷が現れる。想像していた以上の大きな家で、思わず息を呑んだ。

けれど目の前にある光景は父から聞いたものとまったく同じで、凛花はここそが目指していた場所なのだと確信する。

――母さん……母さん……ッ。

とうとうたどり着いたのだ。凛花は心の中で懸命に母を呼びながら、門前へと駆け寄った。勢い余って、中から出てきた数人の男性と危うくぶつかりそうになる。

「あっ、すみませんっ」

見れば厳つい顔つきの男性ばかりで、凛花は慌てて後に退き、頭を下げた。

「誰だ？」

そう言って男たちを押しのけるようにして顔を出したのは、恰幅《かっぷく》のいい中年の男性だった。

「おや、これはまた可愛い娘さんだ。どうしたんだね？　えらく急いでいる様子だが……」

男性は色艶のいい顔の細い目をさらに細めて凛花を見る。

「娘さん」と言われて、女性物を身に着けていたのをうっかりと忘れそうになっていた凛花は、走ったせいで乱れてしまっていた衣服を急いで直し埃を払った。

男性の値踏みするような眼差しに不快なものを感じながらも、このイシュリ荘園の人かもしれないと思い、凛花は精いっぱい平静を装った。

「私は東から絹を運び、この国からはオリーブ油や香辛料を東へ運ぶ。そうした商《あきな》いをしている者だが、娘さんにはもっと上品な色合いの絹が似合うんじゃないかな。それにずいぶんと汚れてしまっている」

　商人はそう言いながら、凜花がかぶっている真紅のスカーフに手をかけた。

「あっ、いえ、これはまた返さなければいけませんので」

　見知らぬ人の思いがけない行動に驚いて、その手を止めようとしたけれど絹のスカーフはするりと頭から滑り落ちる。

「ほう……これはこれは。顔立ちは東と西のいいところを混ぜたようで、髪はこちらの人のように美しい明るい色をしているな。しかも赤毛とは珍しいじゃないか」

　にやついた顔で言う男に、凜花は不穏なものを感じて身構える。

「ん……そう言えば、ここの女主人もよく似た髪の色をしていたな。身体が弱いらしく一度会っただけだが」

　男が思い出したように呟いた言葉に、凜花は叫び出しそうになった。

　凜花の髪の色は母親似だと、いつも父が嬉しそうに言っていたのだ。

　――母さん！　やっぱり、ここに母さんが……。

　一目だけでもいい、母さんに会って、この薬草を渡さなければ。

　凜花は慌ててスカーフを拾い上げ逃げようとしたが、横にいた厳つい男たちに両脇からがっしりと腕をつかまれ阻止されてしまう。

「は、離して、くださいっ！」

「お前たち、乱暴にするんじゃない。すまないね……この男たちは私の護衛だ。何分にも大金と高価な品物を持ってのキャラバンだからね、色々と危険な目に遭《あ》うんだよ」

脅しとも弁解ともつかない言葉を吐く男を、凜花は睨んだ。けれど、

「ここから少し行ったところで我々の隊商は宿営しているんだが、東から運んできた上等な絹がたくさんある。君によく似合う色柄を私が選んであげよう。一緒に来なさい」

物腰はやわらかだが有無を言わせない横暴さで凜花を引きずっていく。

「い、嫌ですっ、絹などいりません！」

凜花は必死になって暴れた。護衛たちにがっしりとつかまれた腕が折れそうに痛んだけれど、そんなことに構っていられなかった。

「ほう、なかなか気の強い娘さんだ。私は気丈なぐらいのほうが好みでね。ますます気に入った」

金の力で何でも叶うと思っているらしい男は勝手なことを言いながら「早く連れていけ」と護衛たちに命令する。

「く…っ、いやだぁ…っ！」

やっと母の家のすぐ近くまでたどり着いたのに……。

敵《かな》わないと分かっていてもその場に腰を落とし、両足に力を入れて踏ん張る。

このまま二度とアレクシオに会うこともできず、母にも会えないまま知らない場所に連れていかれてしまったら……。

「ん…？　なんだ、あいつらは」

突然、護衛たちが前方を睨み警戒する。彼らの緊張がつかまれた腕から伝わってきた。

ハッとして振り向くと、行商人らしい二人の男性が背負っていた荷物を放り投げ、こちらに駆け寄ってくるのが見えた。

間髪《かんはつ》を容《い》れず、その二人が襲いかかってくる。

護衛たちに突き飛ばされ尻餅をついた凜花は、ただ驚きと恐れに身体を固くしていたが、二人は素早い動きで数人の護衛たちをあっという間に叩きのめしてしまった。

行商人の姿をしているけれど、厳しい訓練を受けた者が持つ闘い慣れした無駄のない彼らの動作に、商人はすっかり怯えていた。

「ど、どうか、命だけは……っ」

商人は慌てて金の入った袋を差し出したけれど、二人に思い切り足蹴にされ潰れたカエルのような悲鳴を上げ、無様《ぶざま》に地面に這った。

そのまま二人は突然のことに愕然とする凜花の腕をつかむと、

「王の命で、あなたを見張っておりました。……これだけ言えば、お分かりでしょう」

そう言い渡した。

その言葉に衝撃を受けて硬直する凜花を、二人は近くに停めてあった馬車に押し込む。

そして二人が飛び乗ると同時に馬車は走り出した。

凜花はどうすることもできないまま馬車の中に座りじっと身をすくめていた。

王の命……つまり、王は凜花の行動が分かっていたのか。

凜花は耐えられずに目を伏せ、膝を抱くようにして身体を小さく丸めた。

懐に入れてある薬草の包みが太腿に当たる。もう、母に渡すことは叶わないのだろうか。もっと用心していれば、もっと警戒していればと、二度とない機会をふいにしてしまった悔いに心が苛まれる。

自分はいったい何をしているのか。

アレクシオを裏切ってまで、ここまで来たのに。

このまま、父の苦労、そして母への深い想いが、水の泡になってしまうのか。

そう思うと悔しくて、哀しくて……凜花の瞳からこらえきれず涙があふれる。

誰も一言も発しない馬車の中は静かで、ただ、目的を持って駆ける馬の蹄の音と軋む車輪の音が重く響く。

どれほど走ったのか、ガラガラと車輪の音が大きく周囲に響いて、どこか建物の中に入ったらしいと感じた凜花は、ハッと緊張に強張らせた顔を上げ見張っている男たちを見た。

しばらくすると馬車が止まり、音を立てて後部の幌が上げられた。

着いた先は王宮で、間違いなくアレクシオが自分が出て行くことを予想していたのだと悟る。

脱走した奴隷に科せられる罰は、どれほどのものなのか……。

力が抜け、うなだれる凜花を二人は引きずるようにして連行すると、小さな部屋へ押し込めた。

ガチャリと重い音を立てて頑丈そうな鉄の扉が閉じられたとたん、部屋の中は立っていることも難しいほどの深い闇に閉ざされる。

視界を奪われ、湿っぽい空気に満たされた、冷たく固い石で囲われた狭い部屋らしいということとだけが、肌に伝わってくる。

心細さに護符の胸飾りを服の上からつかんだ。

それから母に届けることができなかった薬草の包みを手に取ろうとして、凛花は真っ青になる。

「ッ……包みが…っ！」

腹部に巻いてあった薬草の包み。腹部や背中から身体中を探って、身に着けていないことに気がついた。

確か馬車に乗せられた時にはあったのに。そのあといつ失くしてしまったのか、まったく覚えがなかった。

「あぁ…っ。どうしよう……どうしたら……」

身体中の血が下がって冷たくなった手で、暗闇の中を這いずり回り探した。

しかしどんなに隅々まで探しても、薬草の入った包みは見つけられなかった。

これで完全に、母に薬草を渡すことができなくなってしまった。

薬草を手に入れるまでの年月と苦労、そして父の想い、そのすべてが今、無駄になってしまった。

アレクシオを裏切ってまで抜け出した結果が、これなのか。

せめてもう一度だけでも彼に会いたい。彼に会って、謝りたかった。裏切ったままで終わりたくなかった。

凛花は途方もない喪失感に完全に力を失い、壁に寄りかかり、ぐったりとして膝を抱えて座り込んだ。

――いつの間に眠ってしまっていたのか。

「……っ」

いきなり灯りを顔の前に突き付けられて、眩《まぶ》しさに凜花は飛び起きた。

灯りを持った人物は無言で凜花の顔や姿を照らす。

凜花は石壁に背を押しつけ、手をかざして灯りから目を庇《かば》いながらじっと気配を窺《うかが》った。

「……なんという格好だ」

明かりの後ろから響いてきた声に、凜花はハッと顔を上げた。

「……王様……」

アレクシオの感情を抑えた声が響き、灯りを持つ手が横に引かれて、闇の中に黒い衣服に身を包んだ影像のような端麗《たんれい》な姿が浮かび上がる。

本当に幻でも何でもなくアレクシオだと分かったとたん、凜花の瞳が揺れ灯りがにじんでぼやけていく。

凜花は萎《な》えたようになっていた両足に力を入れて立ち上がると、アレクシオへと近づこうと歩を進める。だが、

「凜花……」

アレクシオが低く呻《うめ》く。その硬い声色に拒絶を感じ取って、凜花は足を止めた。

「――俺の留守を狙い、どこへ行っていた…？」

自分の立場を思い出し、アレクシオに会えた喜びに膨らんでいた胸が、たちまち萎《しぼ》み、冷たくなっていく。

「……すみ、ません……」

凜花はアレクシオの鋭い琥珀色に光る目を正面から見ることができず、目を伏せてただ謝ることしかできない。

「誰が謝れと言った。どこへ行って誰と会うつもりだった、と訊いているのだ」

アレクシオの声音が一段と低くなり語気が強くなる。

「だ、誰とも、会いません、でした」

それは本当だ。門の前まで行ったのに母に会えなかった悔しさ悲しさが一挙に胸の中に渦巻きあふれてくる。

凜花は涙がにじんでくるのを懸命にこらえながら震える声で答えた。

「なぜ……本当のことが言えない」

アレクシオの失望したような声と同時に、凜花の肩に置かれた両手にぐっと力が入る。

「ほ、本当に……本当、です……っ」

言いながら胸が絞られるように痛む。彼に真実をちゃんと伝えることができたなら、どんなに心が軽くなるか。

「……部下の報告では、イシュリ領主の家を訪れたと聞いたが」

あくまでも確信を持ったような冷静な声に、ピクリと凜花の身体が震えた。

母の実家の名前だ。

ずばりと核心を衝《つ》かれて、サア…ッと身体中の血が引いていくのが分かる。

懸命に踏ん張っていたはずの足元がさらさらと崩れていくようだ。まるで流砂の上に立っているようなそんな錯覚に見舞われ、凜花はガクガクと震えた。

氷を押し当てられたかのように冷たくなった頭の片隅で、母に会えなかったことは、かえって幸いだったと自分を納得させていた。

母を巻き込まなくて、よかった。

アレクシオの部下に王宮からずっとあとをつけられていたのなら、母に会えばすぐさま彼に報告され、きっと母自身も尋問されることになってしまっただろう。

門前で会ったあの商人も、『身体が弱いらしく一度会ったきりだ』と言っていた。

身体が悪くても、身分を剝奪《はくだつ》されたり奴隷に身を落として厳しい生活をするよりは、あの大きな荘園の中でひっそりと生きているほうが母はずっと幸せに違いない。

「道に迷ってしまったので……そ、それで、通りすがりの家で、道を尋ねようと思っただけです」

薬草がなくなった今、せめて母を巻き込むまいと、凜花は必死に弁解する。

「それで？　通りすがりの商人たちと何を話した？　どこへ行こうとしたのだ」

苦々しい口調で言われて、凜花の身体が強張った。

「その……高価な美しい絹を、宿営地にたくさん置いてあると言われて、見せてもらおうと……」

真実ではないけれど、アレクシオの意識を少しでも母の実家から逸らしたくてそう言った。

けれど嘘をつく罪悪感に凜花の喉は引きつって、声が震え語尾さえも消えてしまう。

「……よく、分かった」

アレクシオが苦しそうな声を上げ、つかまれた両肩の骨が軋み痛んだ。

「真正直なお前がそんな風に嘘をついてまでも、想う者がいるということがな」

低く抑えた声にアレクシオの強い怒りを感じて、凜花はただ力なくうなだれた。

「凜花、俺の目を見ろ」

アレクシオは怒りとも悲しみともつかない複雑な表情で、凜花の顔を上げさせ目を合わせる。

「……ごめ、んなさ…い……」

凜花にはただ謝ることしかできず、込み上げそうになる嗚咽《おえつ》をこらえながらただ、謝罪を繰り返すしかなかった。

アレクシオは無言で凜花の顔を見つめていたが、「くそっ」と低く声をあげ、凜花が身に着けていた赤いスカーフと花柄の布を引き裂いた。

絹の裂ける高い耳障りな音はアレクシオのささくれた心を表しているようで、凜花の胸も軋みを上げる。

「……そんなに……俺から逃げたかったのか」

アレクシオは昏《くら》い声で唸るように言うと、力の抜けた凛花の身体から残りの衣服を荒々しく引き剝がした。

「ッ……あぁ……違います……違、う……」

彼から逃げたいのではなかった。むしろ……。

けれど、信じてもらえるわけがない。嘘をつき続け、裏切った自分など。

それでも、一緒にいたいと思ってしまった。

自分の浅ましさに、とうとうこらえきれず涙があふれ出て、頰を伝い流れて落ちた。

ランプの炎に揺れるアレクシオの表情が険しくなり、髪がざわざわと怒りに立ち上がり、獅子の姿へと変化していく。

このままずっと、彼に嘘をついて生きていかなければいけないのなら。勇猛な黒獅子となった彼に、いっそこの秘密で重く塞がった胸をその鋭い牙で引き裂いて、喰らい尽くして欲しい。

そうすれば、アレクシオの血肉となって彼の体内でともに生きていくことができるのに。

『お前を他の者になど渡さん。それくらいなら……』

着衣を無惨《むざん》に引き裂かれ、力なく肌をさらして涙を零す凛花の上に圧し掛かり、狂暴な唸り声を吐き出す。

「あ、ぁ……」

凛花は凍《こご》える胸を喘がせ、ぼんやりと彼の顔を見上げる。

とうとうアレクシオから罰せられる時が来たのだと、凛花の胸中ではどこか苦しい旅の終わりの場所を決められたような、そんな覚悟と諦め、哀しさと怖さの中に少し安堵感が複雑に混じり合っていた。

完全な獅子の姿となった彼を呆然と見つめる。

するとまるでその視線を遮るかのように、彼は凜花の身体を乱暴に組み伏せ、

「んあぁ……ッ！」

まだきつく窄《すぼ》まった蕾に乱暴に猛った欲望をねじ込んでいく。

けれどその激痛も胸を圧する苦しさも、浅ましい自分への罰なのだ。

彼に馴らされた身体はそんな乱暴な行為にも悦びを見い出し、刺し貫かれ激しく揺すり上げられ抽送を繰り返されるうちに熱を帯びてくる。

息を乱し、大きく熱を逃がしながらも、やがて押し寄せる激しい波に翻弄されていった。

『二度と外へ出られないように閉じ込めて……飼い殺してやる』

「……ああ、アレクシオ様……っ」

凜花はその獰猛さに酩酊《めいてい》するように夢中でアレクシオの胸にしがみついた。

やがて快感の波が引いたあと、重ねられている彼の身体が離れて行くのが怖くて、悲しくて。

『凜花……凜花……ッ』

胸を締め付けるような苦しげな咆哮《ほうこう》を上げ、アレクシオは欲望をぶつけ続ける。

凜花は指が痛くなるほど己の拳《こぶし》を握り締めたまま、暗い波間に沈んでいった。

＊＊＊＊＊

凜花の命懸けの入国目的はなんなのか探らねば、という思いは徐々にどうしても知りたいという気持ちへと変化していき、それはずっとアレクシオの胸の底に、澱《おり》のように溜まっていった。

このもやもやとした気持ちを晴らしたいという思いは日増しに強くなり、視察で三日間城を留守にするという策を講じた。

三日間で凜花の目的が果たせるかどうかは定かではなかったが、なんらかの行動は起こすだろうと考えたのだ。

少数の兵士を引き連れて城を出発したアレクシオの耳に、思惑通り凜花は納入業者に扮した部下の馬車に潜んで裏門から脱出したとの連絡が入った。

やはりな、という思いと、自分の留守を待ちわびたようにして抜け出したことに対する憤《いきどお》りが同時に湧きあがる。

そしてその深夜、部下たちの働きによって凜花が無事に帰城した時は心底安堵したものの、危うく商人の一行に凜花を連れ去られるところだったと聞き、怒りが込み上げてきた。

なぜそのような事態になったのか。尾行を命じた部下を問い詰めたが、街道から入った脇道は荘園の正門に真っ直ぐ通じた一本道で、それまでのように通りすがりのふりができず、離れた物陰で様子を見ていたので、話し声や詳細は分からなかったという。

凜花には何か人を惹《ひ》きつける魅力がある。まして女装などしていればなおさらのこと。

尾行させた部下にも凜花には声をかけるなと厳命してあった。話をすれば、凜花特有の優しい声や話し方に男たちは情を感じてしまう恐れがあるからだ。

もしも、部下にあとをつけさせていなかったら。凜花を救出するのが少しでも遅れていたら……。

そう考えただけで、腹の底に鈍い痛みに似た怒りが渦巻く。

湿った空気の中、アレクシオは暗く冷ややかな石牢の鉄の扉を開けた。

深い闇の中、かざしたランプの灯りにぼんやりと浮かんだその姿。女物の衣服に身を包んだ細い身体。小さく背を丸め床にしゃがみ込んでいる凜花に、アレクシオは一瞬既視感《きしかん》を覚え胸が騒いだ。

確かめたくて、持った灯りでその顔を照らすと、手で光を遮りながら凜花は顔を隠した。

――なんということだ。

アレクシオは心の中で苦く呟いた。

壁際に逃げを打つ身体と、怯えて力なく逸らされてしまうその黒い瞳に、アレクシオは愕然とした。

初めて会った時、泥にまみれながらも黒々と澄んだ瞳で、真正面から挑むように見つめてきたその強さに心を奪われたというのに。

あの夜、ハーリドに着せられた女物の衣服に羞恥を押し隠しながらも、凛とした少年としての潔《いさぎよ》さを感じさせられて魂が震えるほどの衝撃を覚えた。

だが、目の前にいる凛花は……打ちひしがれ萎れた花のようだ。

凛花さえ無事に戻れば、もうそれでいいではないか。

そんな風に思いそうになったが、しかし、このまま何も訊かず何も知らずに過ごすわけにはいかなかった。

何も分からないままでは、これからも凛花を傍に置き続けていくことは不可能だと分かっていたからだ。

「――俺の留守を狙い、どこへ行っていた…？」

単刀直入に訊いたとたん凛花の表情が曇り、口ごもりながら視線が逸らされる。

無理矢理顔を上げさせたが、自分を見上げてくるその瞳を見たアレクシオの心は、ぎしりと軋みを上げて歪むのを感じた。

砂埃と汗と涙で薄汚れたその小作りな顔の何もかもに諦めきったような力のない瞳に、アレクシオの胸は引き裂かれそうなほどの激しい痛みを覚えた。

何度となく訊いた入国の目的。そのたびに貝のように口を閉ざし、頑なな一面を見せられ続けた。

このままではらちが明かないと、わざと隙を見せ、行動を起こすように仕向けて凛花はそれに乗った。

泥にまみれながらも何がなんでも生きて入国したい、と必死だったあの時の凜花を知っているだけに、胸が千々に乱れる。

きつく握り締めすぎて鬱血《うっけつ》するほどの膝頭と小刻みに震える細い指。目的を果たせなかった無念が、どれほど大きかったのかをひしひしと伝えてくる。

それだけその目的というものが凜花の心を大きく占めていたのか。

なぜ、打ち明けてはくれないのか。自分は……秘めるべき獣の姿までさらけ出したというのに。

——凜花。王としての自分だけではなく、獣の自分までまるごと受け入れてくれた、初めての……。

怒りと悲しみと……それでも殺し切れない愛おしさが、心の中に複雑に渦巻く。

自分の与えたものではない衣服を身にまとっていることすら腹立たしく、気づけば服を剝ぎ取り、久しぶりに獅子の姿となって欲望と本能のままに凜花を犯した。

その乱暴な行為にさえ抵抗もせず抗議の声も上げない凜花に、あくまで自分には胸のうちを明かさないつもりかと、アレクシオの心はさらにすさみ、ひずんでいった。

あれから数日経っても、凜花の様子に変化は見られなかった。

苛立ちが抑えられず、それでも気づけばこの牢に来て、アレクシオは毎夜、凜花を貪り続けた。

「あぁ……王様っ」

「ちゃんと、俺を見ろ」

意識させたくて、わざと羞恥を煽《あお》るようにしなやかな身体を二つに折り曲げると大きく股を割り開かせる。そして、まだ固く閉じているその場所に自分の猛ったものを押しつけ先端をあてがう。


それでも凜花は少し身じろいだだけで、抵抗は弱々しい。

今、凜花の心はここには無く、虚《うつ》ろだ。けれど身体はこの腕の中にある。

せめて身体だけでも閉じ込めたかった。もうどこへも行かないように。

「ここに監禁してやる。二度と一人で外へ出られると思うな」

「……いつ、まで……?」

なんとか感情をかき乱してやろうとするアレクシオを、凜花はぼんやりとした瞳で見つめ返し、ろれつの回らない舌で問いかける。

閉じ込められるのは嫌だと、一緒にいたいと甘えるのではなく、いつまでこの責め苦が続くのかと悲嘆に暮れるかのような凜花の様子に、アレクシオは絶望した。

「……俺が、飽きるまでだ」

アレクシオは自分でも抑えられぬ荒ぶる気持ちのままそう言い放つと、なんの愛撫もせず固く窄まったままの凜花の後孔を貫いた。

激しい快楽か鮮烈な痛みを与えれば、少しは自分を意識するのではないかと、凜花の野性味あふれる凜とした黒い瞳や生命力に満ちた表情を再び見たくて、欲望を後孔へと強引に突き入れた。

「あ……あぁっ」

凜花が苦悶と快楽の入り交じった喘ぎを漏らし、目を大きく見開いた。

「……凛花……」

瞳を覗き込み視線を合わせようとしたけれど、その輝きを失った瞳は焦点を結ばず、もうアレクシオを見つめ返してはいない。

心臓が凍りつきそうだ。

「俺を見ろ……凛花…ッ」

腰を何度も打ちつけ乱暴に揺すり上げ、猛ったもので凛花の狭い内部を擦り掻き混ぜた。

軋み引き攣れていた内膜はやがて柔らかく絡みついてきて、凛花の途切れ途切れの声も、苦痛をこらえるものから快感をこらえるものへと変わっていく。

薄く開けた目も小さく開いた唇も、アレクシオを見ることも、名前を呼ぶこともない。

けれど凛花の身体はヒクヒクと痙攣を繰り返し、アレクシオを痛いほど締めつけ絡みつき離さない。まるで、凛花自身も救いを求め、すがりついているかのように……。

「クソ……ッ！」

アレクシオは駆け上がってくる快感を懸命に抑え込みながら、凛花の身体を揺すり続けた。

「あ…ぁ……！　ひあぁ…ッ」

凛花が小さく悲鳴のような声を上げ達して、下腹部に濡れる感触が生あたたかく広がる。

「く……ッ」

達《い》った瞬間の激しい締めつけに、アレクシオはたまらず凛花の奥深くへと放った。

快感の余韻に震えながら意識を手放した凛花の小さな顔を両手で挟み、見下ろす。

「……凜花……」

落ちるように眠ってしまった凜花は、呼びかけても唇にくちづけを落としても何も答えはない。

その土埃で汚れた頬やこめかみに涙の線が幾筋も見える。

激情の消え去った身体に残るのは、途方もない虚《むな》しさ。そして、後悔だった。

たまらずに、アレクシオは力なく横たわる凜花の裸身を強く抱き締める。

凜花という人間を知るまでは、抱いて欲情を注ぎ込むだけの心地いい肉体があればよかった。

抱いている相手が何を考えどう思っているか、心の在処《ありか》など、どうでもよかったのに。

どうすれば凜花の心を取り戻せるのか。

……今は、何も見えない。

アレクシオが重い吐息をつき、凜花の上から重だるい身体を起こそうとした時、服が引っ張られる感覚がして、動きを止めた。

見下ろせば、細い指がアレクシオの服の胸元を固く握り締めている。

まるで助けを求めるように、アレクシオの服を握り締めたまま眠る凜花。

その姿にたまらず、アレクシオは涙で汚れた頬にくちづけた。

「凜花……お前は何を望んでいたんだ。俺は……」

いったいどうすればよかったのか。教えて欲しくて耳元に問いかけてみても、意識を失くしたように眠る凜花からの応えはない。

凜花が二度と野山や砂漠を駆け回ることもなく、あの華奢《きゃしゃ》ながら強靭な肉体から自然の香りが消えてしまったら。

きっと、耐えられないのは……自分のほうだ。

傍にいれば、どす黒い感情をぶつけ、凜花を苦しめてしまう。

だが、せめて握り締めたこの指が解けるまでは。

アレクシオは凜花の隣に身体を横たえ、そっと目を閉じた。


考えた末にハーリドたちに命じて、凜花が眠っている間に高い城壁の東隅にある望楼《ぼうろう》を兼ねた小さな部屋へと移した。

まだ近隣諸国と戦闘状態にあった時、東端と西端にある望楼は敵軍の動きを監視する重要な場所だったが、その国々もバルバロス領の一部となり、ずいぶんと長い間使われていない。

城壁は固い石組みで造られ、僅《わず》かな隙間もなく外からよじ登ってくるのは不可能であり、部屋の窓側は城壁より大きく外へ張り出しているために、窓から外へ出ることもまた入ることもできない。

窓には鉄製で唐草模様の飾り格子ががっちりと嵌まっている。

一室に閉じ込められる凜花はさぞ窮屈《きゅうくつ》な思いをするだろうが、晴れていれば窓からは南と東の二方向を遙か遠くまで見晴らすことができる。

しばらく外へ出さない代わりの、せめてもの慰めになればいいと思う。

石牢の扉の前に落ちていた油紙の包み。これが手掛かりになると思った。

包みは父親の大切な形見であろうと、かつて自分の母親が使っていた宝石箱に入れておいたのだが。

凜花が城を抜け出したあと、なにか手がかりがないかと箱の中を見ると包みは消えていて、やはりあの少年がこの国に来た目的にこの包みが関わっているのだと悟った。

凜花を手元に置き続けるためには、色々と多すぎる厄介事を片付けていかなければならない。

アレクシオは胸に決意を秘め、部屋から出て行った。

＊＊＊＊

凜花はふと目覚めて、重いまぶたを押し開いた。

見慣れない石造りの殺風景な部屋、その片隅にあるベッドの上に寝かせられている。

どれほど眠ったのかぼんやりとかすみがかかったような頭では分からないけれど、大きな窓からは朝日が射し込み床の半分を明るく染めている。

「………ッ」

凛花はアレクシオの姿を求めてベッドの上に起き上がろうとした。だが石を詰めたように身体は重く下半身は痺れていて思うようにならない。

視線を彷徨《さまよ》わせ室内を見渡しても、その姿はどこにも見当たらなかった。

「ああ……」

地下牢のような場所で、何も見えない絶望と不安の深い闇の中、二度と会えないかもしれないと思ったアレクシオの姿を灯りの中に見つけた時は、夢のようだった……けれど。

怒りや失望、そんな複雑な感情を押し殺した彼の顔を思い出して、また胸が苦しくなる。

アレクシオが決めたことであれば、どんな処罰をも受ける覚悟だった。けれど、母を思うとどうしても事情を打ち明けることはできない。

圧し殺し続けた言葉や想いは、絶望や悲しみに変わって胸の中に募り、心臓が押しつぶされてしまったようで苦しい。

いつの間にか、持ち出した女物の絹の衣装とは別の衣装に着替えさせられていた。母に会って目的を果たし無事に戻ってこられたら、持ち主を探して黙って拝借したことを心から謝罪して返すつもりだったのに……すべて、アレクシオに引き裂かれてしまった。

それだけ彼の怒りはすさまじかったのだ。自分のしでかしてしまったことの大きさを思い知り、凛花は身を縮めた。

「っ……くぅ……」

その拍子にズキンと腰の奥が痛み、太腿に生温かいものが伝い落ちる。

せっかく着替えさせてくれていたきれいな衣装を汚してしまったことで、さらに心が深く沈む。

凜花はそのまま動くことができず、顔を両手で覆い小さく肩を震わせ嗚咽を漏らした。

もう何度となくその腕に抱かれ身体を重ねているのに……最初の時でさえこんなに身体も心もつらく苦しくはなかった。

どれほどの間そうしていたのか、やがて少し気持ちが落ち着いた凜花は、ゆっくりと顔を上げベッドから下りると、ひんやりとした石の床に立った。

母に薬を届けることももう叶わなくなり、自分の生きている意味を見失なってしまいそうになる。けれど――

砂漠の中で乾涸《ひから》びて死にかけていた自分を助けてくれたのはアレクシオだった。

今自分が生きているのは彼に命を救ってもらったから。その命を自分勝手に失くすわけにはいかない。

希望を失い、アレクシオの信頼も失い……生きていても仕方ない、という自暴自棄《じぼうじき》な思いに塗りつぶされそうになったけれど、自分の命はアレクシオの手の中にあるのだと考え直す。

彼が気が済むまで閉じ込められ……その先、罰を与えられるのか、処刑にされるか……。

いずれにしても、アレクシオに拾ってもらった命だ。彼の命ずるまま意のままに、この身体と命を託そう。

そう決心したら、ずっと波立っていた心が凪《な》いできた。

凜花は窓辺に縋りつくようにして祈りを捧げながら、こうして景色を見られるのもいつまでだろうと、目の奥に焼き付けるように眺めていた。

誰かと言葉を交わすこともなく、孤独の中で思うのやはりアレクシオのことだった。

不毛な砂漠や荒野だった大地に長い年月をかけて築かれた強大な帝国。長い歴史の中でたくさんの血を流しながら営々と続いてきた黒獅子の血脈。

選ばれたアレクシオはこの帝国の王として、国民を守り重責に耐えていかなければならない。

そんな計り知れない重荷を抱えているアレクシオの立場を思えば、自分など木の葉一枚よりも軽い存在だと思えてしまう。多忙な毎日の中で、広い王城の一室に閉じ込めてしまった人間の存在など、いつか彼の記憶から消えていくかもしれない。

――アレクシオに、もう一度会いたい。

たとえその口からどんな処罰が下されようと、こうしていつまでとも知れない独りぼっちの日々を無為に過ごすよりは遙かにいい。

そんな不安にに苛まれた時は、ひんやりとした石の床に座り目を閉じ心を落ち着かせた。

つい数日前まで過ごしていた優雅で豪華な部屋、アレクシオと過ごしたあの部屋での生活こそ、草木や泥にまみれて生きてきた自分の地味な人生に、彼が美しい色をつけてくれた貴重な日々だったのだと改めて思う。

アレクシオと今度会えるのは、きっと処罰が下される時。

部屋から四回目の美しい夕暮れを眺め、そして五回目の朝日を見つめながら、凜花は今日も心を平静に保てるようにと大きく息を吐き出した。

やがて扉の外に足音がして、朝食が差し入れられる。

何かいつもと様子が違う……そう感じた瞬間、扉が軋む音を立てて大きく開けられた。

「ひぃぃ…ッ」

「くそっ、貴様《きさま》らどういうつもりだ！」

いつもの召使いと番兵が部屋の中に突き飛ばされるようにして、床に転がった。

不意を衝《つ》かれたのか、番兵は武器を取られ肩から血を流している。

「な、何を……!?　乱暴しないでくださいっ！」

驚いた凛花は二人の傍に駆け寄りながら、どかどかと押し入ってきた四人の兵士たちを見た。

凛花は一瞬、いよいよ処罰が決まって自分を連行するために兵士が来たのかと思ったけれど、その危険な雰囲気や武器以外に縄や麻袋を手にしている異様さに、頭の中に警鐘が鳴る。

「まずこいつらを静かにさせとかないとな」

そう言うと男たちは召使いと番兵を素早く縛りあげ猿轡《さるぐつわ》を噛ませた。その手際を見ても彼らが荒事に慣れていることが分かってゾッと背に冷たいものが走る。

凛花は男たちの隙を見て、助けを呼びに行こうととっさに逃げようとした。けれど、

「うぁ……っ」

扉に行きつく前に、男たちにめざとく気づかれ、捕まってしまう。

「ふん、お前さんに逃げられちゃ困るんだよ。報奨金がもらえなくなっちまうからな」

ひときわ大きな身体をした男に羽交い締めにされ、乱暴に部屋の中央へ戻される。

報奨金という言葉に、この男たちはアレクシオの部下ではなく、誰かに雇われているのだと分かり、凜花はこんな男たちに拉致されてたまるかと必死に抵抗した。

「やめろ…!!」

怒りに声を震わせながら叫んだ唇を、男のごつい手で塞がれた。

凜花は言葉にならない声を上げながら死にもの狂いで暴れたけれど、四人がかりで手足を押さえられ縄で縛られ、布切れで猿轡をされ、持っていた麻袋に押し込められてしまった。

ゴミか何かのように手足を縛られ袋に押し込められる乱暴さに、凜花は恐怖した。

――アレクシオ様……!

必死に叫ぼうとしても塞がれた口からは、ただ無様な呻き声しか出てこない。

誰かの肩の上に荷物のように担がれ、荒々しい動きの割にあまり足音を立てず、どこかへと運ばれていく。

どこをどう通っていったのか。腹部が圧迫された上に揺さぶられ、気分が悪くなって方向感覚すら見失ってしまう。

やがてどこかにドサリと下ろされ、揺れる板の感触を袋越しに感じて、馬車に乗せられたのだと分かった。

手足を縛られ袋に入れられて不自由な体勢のまま長時間馬車に揺られ、身体が痛み、体力が失われていく。

けれどなにより、裏切ったままでアレクシオと二度と会えなくなってしまうかもしれないということが凜花の心を引き裂いた。

馬車は勢いよく走り続ける。

どんどん王城から遠ざかっていくのを感じながら、いつしか凜花の意識は薄れていった――


ドスンと袋が下ろされる衝撃に、凜花はハッと意識を取り戻した。

目を開けてみたけれど麻袋の荒い織目越しに見て分かるのは、ここが馬車の中ではなくどこか室内の床の上らしいということだけだ。

縛られたままの手足は感覚がなく、折り曲げられた身体は関節が痛みを訴えていた。

すぐに何人かの足音が近づいてくるのに気づき、凜花は緊張に息を殺し、気配を窺った。

「ご苦労、その袋の中に入っているのか？」

「ええ」

そんなやり取りが聞こえてくる。

「窮屈だろう、出してやれ」

この声には聞き覚えがあった。

どこでだっただろう、と記憶を辿る前に麻袋の口が乱暴に開かれて、凜花の身体が転がり出る。

慌てて起き上がろうとしても、縛られている手足ではうまくいかない。

「……うぅ、ううっ」

凜花は床に転がったまま顔を上げて、自分を取り囲むように立っている男性たちを睨み付けた。

すぐ目の前に立っていた男性の一人が膝をついて凜花の顔を覗き込み、「ほう」と意味深な笑みを片頬に浮かべる。

――もしかして、アレクシオ様……!?

日に焼けたなめらかな肌や黒い髪に縁どられた男らしい風貌、肩幅の広いがっしりとした体格はアレクシオを思わせて、ドキリと痛いほどに心臓がはねた。

けれどそう思ったのは一瞬で、どこか爬虫類《はちゅうるい》を思わせる目付きや酷薄《こくはく》そうに口角を上げた薄い唇、なにより雰囲気がまったく違っていることに気づき、愕然とする。

「あのアレクシオが、君をねえ……」

男の口からアレクシオの名前が出て、凜花はギクリとして彼を見上げる。

「どんな少年だろうと、顔を見るのを楽しみに待っていたんだよ」

また違う聞き覚えのある声がして、凜花は首をねじって声の方へ視線をやる。

細身で背が高く綺麗な顔立ちの男性だ。けれど切れ上がった目に侮蔑と冷淡な色を浮かべ、腕組みしたまま凜花を見下ろしていた。

「……ううっ、むうぅ……!」

凜花は二人の声をどこで聞いたか思い出し、塞がれた口の中で悲痛な呻き声を上げた。

後ろに控えている兵たちと比べれば、二人とも高貴な身分だと分かる金銀の刺繡《ししゅう》を縫い取った豪華な衣装を身にまとっている。

凜花はこの二人がいつかの夜、アレクシオの目を盗んで自分のいた部屋の前まで様子を探りに来ていた異母兄の王子たちだと確信した。

王位に就いたアレクシオを快く思っていないらしいことは、凜花の耳にも伝わってきている。

その異母兄たちがわざわざ手下を王城へ忍び込ませ、監禁されている自分を拉致した理由、それは——国籍のない漂泊の民、この国では奴隷である自分がアレクシオと関わっていたことが、戒律の厳しいバルバロス帝国の王である彼の大きな汚点となると考えたからに違いない。

自分の存在がアレクシオの弱味になり、王位を脅かす材料になると考え拉致したのなら、それは間違いだと異母兄たちに知らしめなければいけない。

凜花はそれだけを強く心に誓って何度も何度も大きく息を吞み、震えるように吐き出した。

「なんだ？　何か言いたそうだな」

いきなり大きな手で髪を鷲《わし》づかまれ、顔を上向かせられる。

髪の毛が引っ張られる痛みと猿轡の布が口角に食い込む痛みに顔をしかめながら、薄笑いを浮かべて覗き込んでくる男を睨んだ。

おそらく、アレクシオに少し容姿が似ている男が長兄のジャーラムで、後ろに立ち腕を組んで凜花を見下ろしている、細身の男が次兄のエイキュルなのだろう。

「猿轡を外してやるから騒ぐんじゃないぞ。まあ、もっとも騒ごうと泣き喚《わめ》こうと、この人里離れた古城には我々と部下の兵たちしかいないから無駄だがな」

そう言いながらジャーラムが凜花の猿轡の結び目を解こうとしたがうまくいかず、チッと舌打ちすると腰の長刀を抜き放ち乱暴に切った。

「あ……っ！」

猿轡と一緒に髪を結《ゆ》わえていた布まで切られてしまい、長い髪の毛も半分くらい切り落とされて、ぱさりと床に散らばった。

「へえ……顔立ちは東方の民族らしいのに、髪は鮮やかな赤毛だなんてね。色んな国の血が混じっているってことなのか？　さすがは自由民だね」

次兄のエイキュルが床に落ちた髪の毛を泥の付いた靴で踏みにじりながら、侮蔑の目を向ける。

東方の民族の血を思わせる顔立ちと、それに似合わない赤毛のことは、会った人からいつも好奇の目で見られた。

だけど……アレクシオは、この髪の毛を美しいと言ってくれた。

旅の間は髪を布で覆うようにと忠告していた父も、母と同じ色の髪だと嬉しそうに言っていた。

その髪を乱暴に切られ靴で踏みにじられたことは、アレクシオや両親の想いを侮辱されたようにすら思えて、悔しさにぎゅっと唇を嚙み締める。すると頰に食い込むほどきつく絞められた猿轡のせいか、口角がズキリと痛んだ。それに布に水分を取られた唇が乾いて、熱っぽく感じる。

「ああ、赤くなって痛そうだ。あいつら仕事は確かだが乱暴だからな」

ジャーラムが同情するように凜花の顎に手をかけ顔を上向かせると、赤く筋になった頰を親指の腹でゆるゆると撫で、そのまま唇に触れた。

「まるで、紅を差したみたいだ」

「や、やめて、ください…っ」

手が縛《いまし》められたままならない身体で、それでも思いっきり顔を振ってその指から逃れようとした。

けれどがっちりと顎をつかまれ、男の指は執拗《しつよう》に唇を撫でる。

「もったいぶらなくてもいいだろう。この可愛い口でアレクシオを咥えてやったのか？」

「な、何を言って……っ」

ジャーラムは息を荒らげながら、撫でていた指を唇の間から口腔《こうこう》内に忍び込ませようと指先に力を入れる。

「くっ、やめ……っ」

唇を懸命に閉じても、男の指は口の中に潜《もぐ》り込もうと執拗に動く。

「痛…ッ！」

次の瞬間、ジャーラムが驚いたように凜花の顎から手を振り離した。

「この無礼者っ！」

罵声《ばせい》と同時に、凜花の頬がバシッと鳴り身体が横倒しになる。

頬がジンと痺れ口の中に血の味が広がって、ジャーラムに殴られたのだと分かった。

「奴隷の分際で兄上の指を噛むとは、命知らずにもほどがある」

次兄のエイキュルが憎らしそうに言うと、倒れている凜花の背中を踏みつけた。

一瞬息ができない苦しさに胸を大きく喘がせながら、凜花は二人を睨みつけた。

「ッ、僕は……あなたたちの奴隷じゃないっ！」

「ああ、お前はアレクシオの性奴隷ってことだろ？　やはりしょせん獣だったということだよね。こんな薄汚い自由民なんて可愛がるんだからさ。あんな獣、王にふさわしいわけがなかったんだ」

エイキュルは侮蔑をその目に滾らせて、凜花を見る。

「ち、違います……っ」

「とぼけたって無駄だ。あとでその身体、ゆっくりと検分してやろう。……あの汚らわしい獣が寵愛《ちょうあい》した奴隷を味わってみるのも一興だ」

ジャーラムが凜花に見せつけるように、赤く歯形のついた指に舌を這わせ舐める。

凜花はこのジャーラムを、少しだけでもアレクシオと似ている思ったことを後悔した。

華麗な衣装に身を包んだ姿形は立派な王子たちなのに、心の中は王位に就いたアレクシオへの妬みや歪んだ感情しか持っていない、そんな二人がアレクシオに成り代わり、この国を治めるなどできるはずがない。

自分は到底このバルバロス帝国の民にはなれないけれど、それでもアレクシオ以外に国王にふさわしい人はいないと思っている。

凜花はジャーラムの手が首筋を撫でさらに襟元から胸のほうへ忍び込もうとするのを身をよじり必死に防ぎながら、「やめてくださいっ！」と大声を出した。

「遅くなって申し訳ない」

そのとき、聞き慣れない声と同時にずかずかと近づいてくる足音に、凜花は驚いてそちらを振り向いた。

「ふふ……早くも盛り上がっているようだな。なかなか威勢のいい声が出ているじゃないか」

現れたのは、見たことのない中年の男性だった。

ジャーラムたちとはまた違う形の、立派な衣装を身に着け顎鬚《あごひげ》を蓄《たくわ》えた男性が十数人の部下を引き連れている。

「おお、カルタルの王。遅かったではないか」

ジャーラムが凜花の前から腰を上げ、その男性を迎える。

カルタルの王。その名前もアレクシオから聞いた覚えがある。アレクシオは彼らに好感を持っていない口調だったと思い出す。

「その少年かね。アレクシオ王がえらく執着しているという奴隷は」

カルタルの王と呼ばれた男性は、縛られ転がされている凜花を興味深げに見た。

「いいえ、僕は漂泊の民で旅の途中この国に迷い込み、捕らえられた奴隷です……！」

自分の存在がアレクシオの立場を危うくすることだけはなんとしても避けなければと、凜花は必死に言い募る。

「嘘を言っても無駄だよ。密かにアレクシオの後宮に潜り込ませ探らせていた部下からの確かな情報だ」

ジャーラムが薄ら笑いしながら、殴られ赤くなっている凜花の頬を、歯形のついた指で撫でる。

「何度も言いますが、それは違います…ッ。こんな大きな国の王様が、僕などを相手にするはずがありません」

凜花はジャーラムの指から逃げるように顔を振ると、必死に訴えた。

「おやおや謙遜《けんそん》かな。しかし、後宮の美しい姫たちが毎日暇を持て余して退屈していると、宦官《かんがん》たちが嘆いていたそうだ。アレクシオが後宮以外の誰かに夢中なせいだろう」

前にナーセルからそんなことを言われたことがあったと、凜花はギクリとする。

「後宮には美しい姫たちを大勢集めていると聞いたが、そのうえこの少年にも執着しているとは、アレクシオ王はよほどの好き者……いやいや、英雄色を好むというヤツであろうな。羨《うらや》ましい」

カルタルの王が二人の間に割り込む。

「まあ、この体勢では話しにくかろう、時間はたっぷりある。正直に話せばよい。我々を煙に巻こうとしても無駄だぞ」

ジャーラムが凜花の身体を抱き起こし、大理石の太い柱にもたせかけるように座らせると、背中で縛られている手首の縄が解かれた。

「………っ」

きつく縛られていたために指先が痺れ、手首に縄跡が赤黒くつき擦り傷が痛んだ。

凜花は痛む手首を撫でながら、ジャーラムの顔を見た。

「確かに僕は……少しの間、王様の奴隷となって、お仕えさせていただきました」

「それで？」

先を促され、彼らの好奇に満ちた視線を浴びて、凜花は緊張に顔を強張らせながら言葉を探した。

「け、けれど、今の僕は、王様の命に背いたために捕らえられ、監禁されています。いつか王様から処罰が下されるのを待っている身です」

凜花は自分がアレクシオの王位を危うくするような価値など何もない奴隷なのだと、それを分かって欲しくて懸命に説明した。

「ふん、この国では主人の命に背いた奴隷など即刻殺されて当然なんだよ。まして国王である、あの厳しいアレクシオが、自分の命に背いた奴隷を監禁して生かしておくなど考えられないことだ。よほど、お前に未練があるってことだろうが」

ジャーラムにそう言い切られて、凜花は痺れる指先をギュッと握り締めた。

けれどももし本当に、ジャーラムの言う通りだったら。

このまま会えないとしても。これからどんなにひどい目に遭わされようと、心の中でアレクシオの名を呼び、顔や姿を思い浮かべるだけで耐えていける、そう思った。

「いずれにしても、奴隷を一夜の慰み者にするならともかく、長期にわたって寵愛するなどもってのほか、この国の戒律では絶対に許されないことだ。お前さんがいくらアレクシオをかばおうとしても無駄なことだ」

「まったく嘆かわしいことだよ。アレクシオは父王より信頼を受けて王位に就いたのに、その父や先祖が決めた戒律に背いたんだから。王位を剝奪されても文句は言えないだろうね」

ジャーラムに追従してエイキュルが煽る。

「バルバロスの国民は英雄アレクシオ王が大好きだからねえ。その尊敬し憧《あこが》れている王が、奴隷の少年に骨抜きにされていると知ったら、大いに失望して反乱が起こるかもしれぬな」

さらにカルタルの王が二人に加勢した。

「王様が、僕などに骨抜きになるなどありえませんっ。人々は誰が国のためを思っているかちゃんと分かっているはずです」

アレクシオが国のために、国民の生活を豊かにするために、どれほど努力しているか民衆はちゃんと見ているはずだ。

「……アレクシオの性奴隷のくせに、ずいぶんとご立派なことを言うじゃないか。寝物語になにを吹き込まれたのか知らないけどね」

エイキュルがその切れ上がった双眸に敵意を浮かべ、凜花に詰め寄った。

「民衆なんぞ凱旋《がいせん》するアレクシオの勇ましい姿しか見ていないから、勇猛果敢《ゆうもうかかん》な太陽王だとかなんとかもてはやして……どうせお前もそのクチなのだろう？　正体は不気味な黒獅子で、人を平気で噛み殺す獰猛で野蛮な王だというのに」

黒獅子に変化できれば王位継承者であったはずのジャーラムは、父王より認められなかった無念さと、異母弟に王位を奪われた悔しさに心が歪んでしまったのか、吐き捨てるように告げた言葉は悪意に満ちていた。

「……不幸な人たちだ」

国民を不安に陥《おとしい》れ混乱させ王の権威を失墜《しっつい》させて、帝国の土台を揺るがそうとしているのは、目の前にいる人たちだと、凜花は怒りを込めて三人の顔を見つめた。

「はあ？　気に入らない……たかが自由民の奴隷の分際で、なに偉そうな口ばかり利いてるんだよ…っ。そういうお前が、一番不幸な目に遭うのさ。今からな」

まなじりを吊り上げたエイキュルが腰帯から短刀を抜き出し鞘《さや》を払うと、ギラリと光る鋭い切っ先で凜花の腰から胸へと弄《もてあそ》ぶようになぞりあげていく。

「今からでも、あなたたちの言う通りでしたと認めて、泣いて這いつくばって命乞いするなら許してやらなくもないよ。僕は寛大だからね」

「……っ」

やがて短刀を喉元に突きつけられて、凜花はいよいよ殺されるのだと観念して目を閉じた。

——アレクシオ様……せめて、もう一度その姿を見たかった……。

凜花は死の恐怖を前にして、懸命に恋しい人の面影を脳裏に思い浮かべた。

「おっと。まて、エイキュル。残念ながらまだ駄目だ。もう少し役に立ってもらわなければな」

ジャーラムはエイキュルから短刀を取りあげると、凜花の足首を縛っている麻縄を切った。

長時間縛られていた足は痛み、自由に動かすこともできない。

自分を縛めていた物は全部取り払われたのに今は立ち上がることもできず、凜花は重い身体を力なく柱に預けた。

「ぼ、僕を、どうするつもりなんですか」

「明日、街の広場にお前を引き出して、見せしめにさらすんだよ。アレクシオ王が我が国の戒律を破り、密かにかくまい寵愛した自由民の奴隷少年だと、大きく書いて張り出してな」

ジャーラムが楽しい計画を打ち明けるように言う。

「そ……んな」

凜花は絶句した。

死ぬ覚悟はできている。アレクシオのためなら喜んで死ねる。

けれど彼を窮地に陥れるために利用されるなど、どうあっても許せなかった。

「しかしその前に……アレクシオのやつが勝利品として集めてきた姫たちよりも寵愛したらしいこの身体、どれほどのものか、我々もじっくりと味わってみなければな」

ジャーラムが凜花の衣装の胸元に手をかけた。

「な、何を……っ」

慌てて身を起こし感覚のない足に力を込めて立ち上がろうとした。けれど、

「おとなしくしていろ」

ジャーラムの大きな手で肩をグイッと押さえられて、長い間の拘束で弱りきった凜花の身体はなすすべもなく床の上に沈んだ。

凜花は埃っぽい匂いのする寝具の上を、ジャーラムたちから少しでも離れようと、壁際に這い逃れる。

「もう観念しろ。ジタバタしたところでお前の運命はあと二、三日で尽きることになるんだ。残

り少ない命、淫売らしくせいぜい俺たちを愉しませろ」

ジャーラムが身体を小さくすくめている凜花の両足をつかみ、強引に引き寄せた。

「い、いやだ……やめろ…ッ！」

「まずは私が味見をさせていただこうか。アレクシオ王の寵児を見に、わざわざここまで来たのだからね」

必死に叫び暴れる凜花の上に、カルタルの王が圧し掛かってきた。

ジャーラムとエイキュルに押さえつけられ、乱暴に衣服の前をはだけられ、凜花の肩や胸が剝き出しにされる。

「これはこれは、思っていたよりもずっと抱き心地がよさそうだ。肌もきめ細やかで触り心地もいい」

カルタルの王が覗き込む二人に見せつけるように、凜花の身体から衣服を剝ぎ取っていく。

「触るな……ッ」

アレクシオ以外の男に肌を撫でられる気持ち悪さに、凜花は悲鳴を上げた。

「ふん、何を初心なふりしてるんだ。アレクシオにさんざんやらせていたくせに」

エイキュルが抵抗する下肢から衣服を強引に抜き取った。

どんなに抗ったところで三人が相手では敵うわけがない。

……このまま辱《はずかし》められ犯されてしまうぐらいなら……。

凜花は覚悟を決め、服を脱がされている隙に胸飾りの中央にある金属製の筒を取り外し、手の中に隠し持つ。

「どうせアレクシオ王はもう終わりだ。それなら私の機嫌を取った方が身のためだぞ？　気に入れば、私の奴隷としてかくまってやろう」

カルタルの王は甘ったるい声で囁きながら、凜花の薄い胸を撫でる。

この男はジャーラムとエイキュルを使い、この国を乗っ取ろうとしているのか。

「誰が……あんたたちに媚を売るくらいなら死んだ方がましだ！」

怒り狂って、いっそ自分を殴り殺せばいい。そうすれば利用価値などなくなるに違いない。

「……こいつ……」

「ふうん……自分の立場を分かってないのかな？　ここまで愚かだといっそ面白い。むしろ這いつくばらせがいがあるじゃないか」

怒りに顔を歪めるジャーラムを横からエイキュルが制しながら、凜花の胸に薄く色づいている二つの尖りを指先できつく摘み上げた。

「くぅ……っ」

アレクシオではない指で敏感な胸先をつままれ擦られて、凜花は気持ち悪さに背筋を震わせた。

「ふん……男の胸だが、滑らかで手のひらに吸いつくようだ。これは癖になるかもな」

誘われるようにして凜花の身体に手を這わせるジャーラムの表情も徐々に熱を帯び、淫猥《いんわい》なものに変わっていく。

このままでは本当に、彼らに凌辱《りょうじょく》されて、あげくにアレクシオの弱味として晒し者に――

『もしも、死ぬよりもつらい目に遭った時は、迷わず飲みなさい』

――――今が、その時だ。凜花はそう覚悟して目を閉じた。

今死ねば、この人たちから辱めを受けても何も感じなくて済む。もしも広場に自分を晒したところで、死体ならアレクシオを信じる民衆を納得させることなどできないだろう。

アレクシオを玉座から引きずり落とすための生贄《いけにえ》にされることを避けるには……もう、これしかない。

「ほう……とうとう観念したか」

おとなしくなった凜花に、ジャーラムが興奮に荒い息を吐きながらそう言うと、固く強張る下肢を持ち上げ押し開いた。

その瞬間、凜花は決心して手の中に隠した筒の蓋《ふた》を開け、中から出てきた丸薬を口に含む。

「うぁ…っ。……ッ……あぁ……！」

水がないためにすぐに呑み込めず、口内から喉にかけて痺れるようなひどい苦味と刺激に思わず苦痛の声を上げ、全身を痙攣させる。

「な、なんだっ、発作か？　こいつ、病気持ちなのかっ！」

ジャーラムがギョッとしたように、凜花の脚から手を離した。

「考えてみたら色んな国を渡り歩いてきたんだから、変な病気を持っていても不思議はないな」

様子を眺めていたエイキュルはそう言って、凜花から剝ぎ取った琥珀織りの衣装の匂いを嗅ぐ。

「ん……？　何か、外が騒々しくないか」

ジャーラムの声に、エイキュルがふいに険しい顔になって立ち上がり、窓を覗いた瞬間、硬直する。

徐々に近づいてくる物音、それは獣の咆哮であり兵士たちの悲鳴や叫び声だった。

「に、兄さんッ、外に大勢の兵がっ。ああっ、獣兵も……っ！」

エイキュルが悲鳴を上げた。

苦悶に気を失いかけていた凜花の耳に獣兵、という言葉が聞こえ、ハッと意識が引き戻される。

「そんな……ま、まさかっ、あいつがここに…!?」

ジャーラムが慌てて身を起こし床に立とうとした瞬間、分厚い木の扉が大きな音を立ててバラバラに壊れ、恐ろしいほどの咆哮を上げながら、真っ黒な獅子が飛び込んできた。

『凜花っ！』

アレクシオは横たわる凜花の姿を見たとたん怒りに身を震わせて、全身の毛を逆立てひときわ大きな黒獅子と化し身を低く構えた。

本当に……来てくれた。

「ア…、アレクシオ、さま……あぁ……アレクシオ、さま……」

ひどく喉が痛み、声がじゅうぶん出ないけれど、それでも必死に愛しい人の名を呼んだ。

『お前たち、凜花に何をした……！』

「ひぁぁっ！」

なすすべもなく棒立ちになったカルタルの王は、アレクシオの太い前脚で強打され、部屋の隅

まで吹き飛び石壁に頭を打ちつけ崩れ落ち、凜花の服がその身体の上にふわりと舞い落ちた。

「ぼ、僕は、な、何も、していない……あ、ああっ」

エイキュルは震えながらじりじりとあとずさっていたが、ぐわっ、と飛びかかったアレクシオの鋭い牙で首を噛まれその場に倒れ込んだ。

「ア、アレクシオっ？　なんで、ここが……っ」

ジャーラムが慌てた様子で横に置いてあった刀を抜き放ち、アレクシオに向き直る。

『貴様ら……許さん』

凜花を組み伏せていた男たちを睨み据え、アレクシオは漆黒のたてがみを大きく逆立て牙を剥き唸り声を上げた。

「ば、化け物めが。父王より王位を授かっていながら、こんな少年奴隷にうつつを抜かすなど、国の掟《おきて》に背いたお前に、王の資格はないっ」

ジャーラムが刀をアレクシオに突き付け、叫んだ。だが、

『黙れ……貴様らは、化け物にも劣る…！』

アレクシオが咆哮をあげた瞬間、ジャーラムは金縛りに遭ったかのように動きを止める。

その隙をついてアレクシオは素早い動きでジャーラムに飛びかかり、腕に噛みついて刀を払い落とすと、鋭い爪で胸を引き裂いた。

「ぎゃぁ…ッ！」

ジャーラムがけたたましい悲鳴を上げてその場に倒れ込む。

『凛花っ！』

アレクシオが凛花の傍に駆け寄った。

「……あれく、しお……さま、あいた、かっ……」

――ああ、神様――

せめて……、逝く前に、一目だけでも、会わせていただけたこと、感謝します……。

涙があふれ、目の前が淡くぼやけていく。

薄れていく意識の中で懸命に手を差し伸べ、真っ黒でふさふさとした大好きなたてがみに触れ、撫で、そして強張る指でしがみついた。

『凛花っ、凛花……ッ！』

アレクシオが凛花を抱き締める。

けれど凛花が吐血しているのを見たとたん、アレクシオの表情が変わる。

『これは……なにかを飲まされたのか？』

アレクシオは血が出ている凛花の口の匂いを嗅ぎ、『くそっ』と悲痛な声を上げたかと思うと、凛花を横向きにさせ自分の長い舌を喉元深くへと挿し込んだ。

ゴフ…ッ、と再び口から血を吐き出した凛花に、アレクシオはまた舌を挿し込み強く吸い上げ毒を吐き出しては、それを何度も繰り返す。

そんなことをしたら、アレクシオまで毒に冒されてしまう。

残された力を振り絞り、懸命に彼の舌から逃れようと抗う。けれど、アレクシオは力強く凛花を抱き締め、決して離そうとはしなかった。

『凛花、死ぬなっ、死ぬな……』

アレクシオが呪文のように繰り返しながら、舌を喉奥まで入れては吐き出すよう促す。

凛花は無様に嘔吐しながら、どうかやめて欲しいと願った。

自分が飲んだ毒のために、アレクシオの命まで危険にさらすようなことになったら……自分を許せなくなる。

『凛花っ、目を閉じるな。俺を見るんだ。……生きろ…ッ』

アレクシオの叫びが薄れていく意識を引き留め、赤味がかった琥珀色の鋭い双眸が目を閉じることを許さなかった。

黒獅子の輪郭《りんかく》がぼやけ、逆立つたてがみがさわさわと黒髪になり、猛々しい黒獅子の顔から雄々しい人の姿へと変わっていく。

——あ…ぁ……。

凛花を抱いていた太い前脚が逞しく日に焼けた腕になる。

人間の姿に戻ったアレクシオがぼやけた視界に映って、凛花の瞳から涙があふれ出した。

——アレク…シオ、さま……愛して、いま…す。

ろくに声が出ない喉を必死に振り絞り、凛花は訴える。

最後に一目、姿を見られてよかった。

アレクシオの自分を呼ぶ声と、ときおりグルッと鼻を鳴らし手を舐める獣の気配と足音に、バシュたち獣兵もここにいるのだと分かり、ひどく安らいだ心地になる。

凜花はアレクシオの胸に顔を埋め目を閉じて、想う。生まれ変わって、アレクシオや獅子たちとまた暮らせたら、どんなに幸せだろう。

そんな夢のような思いとは裏腹に、毒は凜花の身体の自由を奪い意識を混濁させていく。

凜花はやがて暗く深い水底に引き込まれるようにして、落ちていった。

＊＊＊＊＊

熱っぽい身体とぼんやりとした意識の中で、たくさんの夢を見ていた。

父と二人で過酷な砂漠を何日も歩き、草木も枯れた雪山にも登った。

それをつらいとか苦しいとか思わずにいられたのは父の深い愛情と、いつかは母に会えるという希望があったから。

けれど、失敗してしまった……。

……父さん、待って……っ！

凜花はどんどん先に行ってしまう父を息せき切って追いかけようとしたけれど、自分の腕が誰かに押さえつけられているように重くて前に進めない。

父はきっと僕に失望し、怒っているのだろう……母さんに会うどころか、渡すはずだった薬草さえ失くしてしまったのだから。

泣いて引き留める凜花を、父は立ち止まり、ゆっくりと振り返った。

『凜花よく頑張ったね。だけどここから先は来てはいけない。その場に留まり強く生きるんだ。いいね』

そんな言葉を残した父は、白い靄《もや》のようなものに呑み込まれていき……やがて姿を消してしまった。

――あぁ、父さん……！

叫んだけれど、声が出ない。

絶望と悲嘆に暮れながら、ふらふらと父を追おうとした自分の足がふいに強い力で押さえ込まれる。

何者かと振り返ると……真っ黒な獅子が凜花の足を押さえ、父親の跡を追うのを引き留めていた。

『凜花、死ぬな……死ぬなっ』

黒獅子が喉奥で唸るような苦しそうな声で呼びかける。

聞き覚えのある声に、混濁し朦朧《もうろう》としていた意識が少しずつ鮮明になる。

……が、待ってる。早く、目を覚まさないと――

凜花はずっと泥沼の中を這いずり回っていたような気分の悪さに耐え、鈍く痛む身体と記憶の曖昧《あいまい》な頭をゆっくりと動かしてみた。

意識が徐々にはっきりしてきて、身体は少しずつ感覚が戻ってきているのに、左腕だけが重くて動かせない。

凜花はゆっくりとまぶたを開ける。

ここは、どこだろう……。

薄暗くて視界はぼんやりしている。

周囲を重厚な天蓋に覆われているのが見えて、ベッドに寝かされているらしいと分かる。

枕から重い頭を持ち上げた視線の先に、誰かが自分の左手をしっかりと握ったまま、ベッドの端に伏せているのが見えた。

日に焼けた肌と大きな手。黒々とした長めの髪の毛。

……もしかして、と凜花の胸が高鳴っていく。

――アレクシオ…さま？

呼びかけたいのに、喉がひどく痛んで声が出てこない。

凜花は痺れたようになって力の入らない左手を精いっぱい動かして、アレクシオの手を握り返した。

ハッとしたように顔を上げ、凜花の顔を視界にとらえたアレクシオは驚きに目を瞠る。

「凜花!? 凜花……ああ……っ」

目を覚ました凜花を見つめ、アレクシオが泣きそうに顔を歪めた。

「ケイティ！　すぐにリンシェン医師を呼んできてくれ」

「は、はいっ」

ケイティも傍にいてくれたのか。

パタパタと走って部屋を出て行くケイティの足音を聞きながら、凜花の胸が温かくなる。

「七日間……ずっとお前は眠り続けていたんだぞ」

アレクシオはそう言うと、まるでこれが夢ではないかと恐れるかのように、凜花の身体をしっかりと抱き締めた。

七日間も意識が……？　ああ、あの時死ぬ覚悟で毒薬を飲んで……。

記憶が定かになるにつれ、絶望感のあまり毒薬を口に含み、飲み込むのにひどく苦しんで、喉が焼けるように痛んだこと、黒獅子となったアレクシオが飛び込んできて、何度も舌を挿し入れ毒薬を吐き出させようとしてくれた時のことが、一気に凜花の脳裏によみがえってきた。

あの時、彼が来てくれなかったら、自分はもがき苦しみながら死んでしまっていただろう。

彼にどうして来てくれたのか聞きたい。お礼を言いたい。大勢の人や獣兵たちにまで迷惑をかけてしまったお詫びを言いたい。

なによりも……自分の、本当の気持ちを打ち明けたい。

なのに声を出そうと口を開けて空気が入ったとたん咳き込み、喉が引き裂かれるような耐えがたい痛みに襲われる。

凜花はきつく目を閉じ荒い息を吐きながら、激痛が治まるのを待った。

「凜花、無理に声を出そうとするな。治療をすればきっとよくなる」

アレクシオが慰めの言葉をかけ、凜花を抱き締め涙のにじんだ目じりにくちづけた。

彼の野性的な唇が触れ、息が頬にかかる。それだけで痛みが薄れていくような心地になる。

夢にまで見た彼の抱擁《ほうよう》とくちづけ。

あの時も、獅子の状態で彼は懸命に毒を吸い出そうとしてくれた。アレクシオは凜花の飲んだ毒に舌で何度も触れたのに、なんの症状も出なかったのだろうか。

訊きたいのに、声が出ないもどかしさに涙ばかりが流れ出る。

やがて、バタバタと廊下に足音がして、白いひげを生やし細い目をした初老の医師とケイティが部屋に入ってきた。

「おお、気がついたようですな。どれどれ」

医師は険しい表情で大柄な体を屈め、凜花の瞳孔を診て脈拍や体温を記録し、口の中にヘラのようなものを入れ喉を丹念に調べる。

そして何か綿に含ませた薬を塗りつけられて、凜花はその痛みに声にならない悲鳴を上げた。

「凜花……苦しいかもしれぬが、毒に勝つためだ。頑張ってくれ」

アレクシオが強く手を握ってくれている。

「リンシェン医師は信頼できる薬師《くすし》だ。薬のことはよく分かっている。安心して任せればいい。

俺も彼の治療を受けてよくなったんだ」

ああ、やはり自分のせいで彼も毒に冒されていたのか。

あまりの申し訳なさに、凜花は瞳に涙をにじませ、声にならない声で何度も謝った。

「そんな顔をするな。自分の意思でしたことだ。申し訳ないと思うなら、早く以前のように元気になってくれ」

頬を撫でながらそう言ってくれるアレクシオに、切なさと愛しさで胸がいっぱいになる。

「アレクシオ様は普通の人間とは身体の造りが違いますからな。そもそも飲み込んでもいません し。アレクシオ様が凜花さんの喉から掻き出した毒薬の成分を調べすぐさま解毒剤を調合して、それを服用していただくと一日ほどですぐに快復されましたよ」

薬師であるリンシェンにそう言ってもらえたことに、凜花は心から安堵した。

「あなたも、解毒剤が効いて毒の成分はもう体内から抜けてはいますよ。ただ……毒が長くとどまった喉の粘膜や声帯がひどく爛《ただ》れて腫れていますので、しばらくの間は固形物の食事と声を出すのは禁物ですよ」

医師はケイティが持ってきた湯で手を洗いながら穏やかな声で諭《さと》した。

「リンシェン医師、凜花の声は出るようになるのだな」

アレクシオが凜花の気になっていることを尋ねてくれた。

「それは……今の段階ではなんとも申し上げられません。それと毒の後遺症で瞳孔散大がしばらく続きますので、明るいところでは眩しくてハッキリ見えないと思いますが、それはあと三、四日もすれば治まります。とにかく慌てずに根気よく治療していきましょう」

リンシェン医師はそう説明すると、吊り上がった糸のような目をますます細め、微笑んだ。

東方系の顔立ちをしているせいか、薬草の匂いを漂わせているせいか、彼を見ているとなんとなく父を思い出して切なくなる。

「それにしても、アレクシオ王が駆けつけるのがもう少し遅かったら、毒薬を飲み込めずに喉に引っかかったまま粘膜が腫れあがって窒息死していたでしょうな。ただ丸薬は雨や汗に簡単に溶け出さないように表面を固めてあったせいで、すぐに吸収されず全身に回らなかったのが幸運でした」

凜花はリンシェン医師に心の中で深く感謝しながら、死ぬも生きるも薬草次第だという医薬技術の素晴らしさと重要さを改めて思い知らされた。

――あの薬草で、母さんの不自由な足も治してあげたかった……。

今、唯一の心残りはそれだった。けれど今となっては叶わぬ夢で、また下手なことをして自分との関係を知られれば迷惑がかかるだけだと、母への想いを深く胸の底に沈めた。


目が覚めてから十日ほども経った頃、ひどかった喉の痛みもようやく薄れ、視力もほぼ回復して見えるようになって、凜花は少しずつ日常を取り戻していた。

柔かな食事も摂れるようになって、ゆっくりと歩いたり好きな土いじりもできる。

ただ、声だけは一向に元に戻る気配がなかった。

あれほど恋しくて、会いたくてたまらなかったアレクシオと、毎日のように会える幸せを感じながら、何一つ伝えられずにいる歯がゆさと心苦しさとに悶々としている。

凛花は字が書けないし、読めない。

国籍がなく、旅から旅への生活で、どの国に立ち寄っても長居することはなかったから、簡単な言葉が話せればそれでよかった。

目指す国の情報はその国の旅人から聞き、あるいは岩や木に印された『ホボ』という簡単な記号の組み合わせや木の枝に結んだ布切れで、旅人同士が危険を知らせ合う。読み書きができないために生活が不自由だと感じたことはなかったし、それで充分だった……これまでは。

けれど声を取り上げられてしまった今、どうやって思いを伝えていいのか分からずに、途方に暮れている。

「凛花、気にしすぎて心を煩《わずら》わせるのが一番よくないと、リンシェン医師からも言われているではないか。気長に治すことだ」

悩んでいる凛花をアレクシオはそう言って慰めてくれるけれど、余計に申し訳ない気持ちになってしまう。

そもそもバルバロスに強硬に入国しようとしたのも、城を抜け出して母に会いに行ったのも、毒薬を飲んだのも全部自分の意思でしたことなのに……その目的を何一つ果たせずに、周りを振り回している。

そんな風に気が塞ぎがちになるけれど、こつこつ集めた薬草の苗を育てている小さな畑で土をいじっている時だけは、そんな鬱屈《うっくつ》した気持ちを忘れることができた。

『りんか、あそぼうっ！』

元気な声が遠くから聞こえ、走り寄ってくる小さな黒獅子の仔、オシリスが凜花目指して駆け寄ってくる。

アレクシオの腹違いの弟で、王子なのに、オシリスは自由民である自分にも屈託なく声をかけてくれる。

凜花は土を払いながら笑顔で両手を広げ、勢いよく飛び込んでくる身体を受け止めて、ふわふわのやわらかな毛を撫でた。

オシリスは凜花が庭にいるのを見かけると、どこからともなく現れて凜花にまとわりつく。オシリスは凜花の言葉がなくても気にならないらしく、時には愛くるしい仔獅子の姿で凜花に擦り寄ってきて撫でろとせがんだり、時にはやんちゃな少年の姿で泥団子を作ったり駆け回り服を泥まみれにして転げ遊ぶ。

その彼の無邪気さ、泥や草で汚れることを気にしないで駆け回る生命力に満ちあふれたその姿に救われて、凜花は笑顔を取り戻すことができた。

今日も強い陽射しを避けて、木陰でオシリスと遊んでいたら、遠くから自分を呼ぶ声がした。

「凜花さん、凜花さんっ、王様がお呼びです。すぐに客間においでください」

ケイティが息せき切って走ってきた。

オシリスをケイティに託し、衣服の泥を払い手を洗って、アレクシオの客間へと急いだ。

「凜花か？　入れ」

アレクシオの声に頭を下げて部屋に入った凜花は、ハッとしてその場に立ち止まった。

部屋にはリンシェン医師と、そして椅子に小柄で上品な雰囲気の女性が座ってじっとこちらを見ていた。

誰だろう、という疑問と、もしや、という思いが一気に押し寄せてきて、凜花の胸が苦しいほどに騒ぎ出す。

なによりも、その人の綺麗な赤い髪の毛。

「凜花……さん？」

女性がおずおずと自分の名前を呼ぶ。

——やっぱり……母さん……？

信じられない思いに目を見開き、凜花はまばたきも忘れ、女性を見つめる。

生まれてすぐ離れてしまったから、母がどんな顔をしているか知らない。

けれど今、目の前で儚《はかな》げな笑みを浮かべる彼女は、父から聞いた母の姿によく似ていた。

ドクドクと、凜花の心臓が緊張と不安に脈打つ、
まさか、自分がイシュリ荘園を訪ねていったために母親だと知られ、捕らえられてしまったのだろうか。

——どうしよう……。

否定しようにも、声が出ない。

それでも蒼白になった顔を横に振りながら、懸命にアレクシオを見上げ訴えた。

「どうした。お前をわざわざ訪ねてきてくれたんだぞ。失礼だろう」

けれど凜花の訴えは通じないのか、アレクシオが凜花の肩に手をかけそのまま母親のほうへと押しやる。

「凜花、ちゃんと彼女を見ろ」

アレクシオはショックに足の萎えた凜花の腰を支えると、あごに手をかけ、母親のほうへ向けた。

——嘘、だ……。

立ち上がった母親が杖を突きながら、凜花に向かってゆっくりと一歩、また一歩と足を進める。

一歩踏み出すのに大変な苦痛と労力がいるのか、眉をひそめ額に汗を浮かばせ凜花を目指して近づいてくる。

「凜花さん、ああ……」

震えている凜花の前までようやく歩いてきた母は、凜花の顔をじっと見つめ、それから手を取って何度も頭を下げた。

「長い間……苦労ばかりかけて、本当にごめんなさい」

凜花には目の前で起きている現実がすぐには受け入れられなくて、強張った表情で母とアレクシオの顔に視線を泳がせた。

「民夫《たみお》さんと凜花さんが、命懸けで採って守ってくれた薬草……王様が届けてくださったのよ」

——失くしてしまった、雪蓮華《せつれんか》の包みを、アレクシオ様が……？

凜花は驚いてアレクシオの顔を振り仰いだ。

「あの夜、石牢の入り口に落ちていたんだ。多分お前のものだろうと思い、拾って、調べているうちにお前の母親のことに行き着いた」

アレクシオは凜花の耳元に囁く。

彼が母親を助けてくれたのだ。そして、凜花に会わせるために、ここまで連れてきてくれた……。

ようやく状況を理解したとたん、凜花の身体から力が抜け足が震え、胸が熱く大きく膨らんで、それが一挙に涙となってあふれ出す。

凜花は涙に濡れ、くしゃくしゃにゆがめた顔をアレクシオに向け、胸に両手を当てて何度も頭を下げた。

「……礼などいい。それよりも別れてから初めての対面だろう。今日は存分に甘えろ」

そう言い残し、アレクシオは部屋を出ていった。

去っていくアレクシオに深々と頭を下げたあと、母親は凜花に向き直ると、手を取って顔を眺めてきた。

「額の形やきれいな瞳が民夫さんそっくりね。……あなたたち二人が、どんな思いをしてこの薬草を届けてくれようとしたか、王様からすべてを聞かせていただきました。本当に、本当に、二人に申し訳なくて……ごめんなさい……そして、死なないでいてくれて、ありがとう……っ」

母は精いっぱいの言葉を伝え、ただ凜花の顔を間近に見つめながら涙を流している。今ようやく、母と会えたという実感が湧いてきて、凜花は瞳を潤ませる。

お母さん。一言そう呼んで、泣いている母を慰めてあげたいのに息だけしか出なくて、凜花はその震える肩を抱き、背を撫でた。自分よりも細くて小さな身体だった。

「サラメ様、あまり長く立っているのは足に負担がかかります」

リンシェン医師がそう言いながら、先ほど母親が座っていた椅子を押してきた。どうやら椅子の脚に輪が付いていて座ったまま移動できるらしい。

「先生に調合してもらった雪蓮華の薬酒、毎日飲んでいると、今まで冷えて感覚の無かった下半身が温かくなって血の巡りがよくなってきたのが分かるのよ。これも民夫さんと凜花さん、それに王様のおかげです」

母は椅子に座って少し身体が楽になったのか、笑顔を見せた。

それから母を挟んでリンシェン医師と凜花が床に座り、いろいろと話した……といっても、言葉の出ない凜花はもっぱら二人の話の聞き役だったけれど。

「私……正直に言うと最初は、王様は自由民に厳しい怖い方だと思っていました。でもお薬を届けてくださっただけじゃなくて、凜花に一日会わせて欲しいとお願いしたら、歩けるようになれば会いに来てもよいと仰《おっしゃ》ってくださって……だから治療と訓練を懸命に頑張って、今日やっと来ることができたの」

母の言葉に、凜花は座っているにもかかわらず、身体が揺れるほどの衝撃と感動を覚え、思わず膝についた両手をきつく握り締める。

自分の知らないアレクシオの話を聞いて、彼の懐の大きさと思いの深さを知って、涙がまたあふれてきた。

「サラメ様、そろそろおいとまいたしましょう。お名残惜しいでしょうが、一度に無理をしてはいけません」

リンシェン医師の言葉に、「そうですね」と頷きながら、母親が凜花の顔を覗き込む。

「王様に、凜花さんとまた会うことをお許しいただけますか、ってお聞きしたら、『凜花一人で外に出ることは固く禁ずるが、そちらから会いに来るのであれば許す』って仰られたの。凜花さんと一緒にお庭を散歩することを目標に頑張るから、凜花さんもぜひ喉を治して、民夫さんのことや旅のお話など聞かせてね」

凜花は力強く頷いて、母の手を取った。

夕方になって、母とリンシェン医師は帰っていった。

二人の乗った馬車が門の向こうへ見えなくなるまで見送って、凜花はようやく安堵のため息を零した。

生まれてから今日まで、この日のために長く苦しい旅を続けてきた。それが、アレクシオのおかげですべてが報われようとしている。

部屋へ帰ろうと振り返った凜花はふと足を止めた。外回廊の太い柱にもたれ腕組みをしたアレクシオが、こちらをじっと見つめていた。

――アレクシオ様……！

凛花はアレクシオを目指して走った。アレクシオが少し驚いたように柱から背を起こした。息を切らして駆け寄り、その胸の中に飛び込んだ。

「走って大丈夫なのか？　……どうやら母親と会って元気が出たらしいな」

アレクシオが凛花の身体を軽々と受け止めながらからかう。

もちろんそれもあるけれど。アレクシオの深い思いやりを知ることができたのが、何より嬉しかったのだ。

凛花はアレクシオの腕の中でその逞しい胸に強くしがみつきながら、彼の顔を見上げ何度も、ありがとう、と声はないままに必死に唇を動かした。

「礼なら……別の方法で貰いたい」

アレクシオに悪戯《いたずら》っぽく囁かれ腰を抱き寄せられて、凛花の胸がトクンと踊る。

じっと見上げれば、アレクシオの琥珀色の瞳が、西日の熱を吸って赤味を帯び光っている。

「お前の身体はまだ癒えきっていないのに……もう我慢できぬのだ。我ながら獣だと思うが」

アレクシオに熱い息とともに囁かれ、凛花の胸がとくん…と高鳴る。

凛花も、アレクシオが欲しかった。彼の情熱を肌に感じたかった。

小さくうなずくと、彼は微笑んで凛花の身体を抱き上げ、歩き出す。

回廊の奥の廊下を通り、毎日寝起きしているアレクシオの居室を通り抜け、窓のない薄暗い廊下をいくつか折れ曲がり、今まで通ってきたのとは違う方向へ連れて行かれる。

どこへ行くのだろう。

少し不安になった頃。茂みの中に埋もれた鉄の扉の前に出た。

――もしかして、あの洞窟に……？

見覚えのあるその扉に、凜花はアレクシオを見上げる。

すると彼は悪戯っぽく目を細め、笑みを深めた。狭い穴をくぐり抜け、凜花を馬に乗せると自分もその背にまたがって草原を駆ける。

そして以前来た、麓にある洞窟へとたどり着くと、傍に生えている樹木に馬を繋ぎ、再び凜花を抱きかかえて中へと入っていく。

宵闇だった前とは違い、薄く差し込む夕陽が洞窟の中を淡く幻想的に照らしていた。

凜花を干し草の上へと下ろすと、アレクシオが覆いかぶさってくる。

久しぶりに抱かれるのだと思うと胸がどうしようもなく高鳴って……凜花は緊張と気恥ずかしさに身を固くして、干し草のベッドの横に腰かけたアレクシオを見つめた。

「緊張しているな……まあ、あれだけ乱暴に抱いておいて怯えるなというのが無理な話かもしれないが」

アレクシオは苦く呟き、いたわるようにそっと凜花の手を握った。

自嘲《じちょう》する彼に、凜花は急いで首を振る。

自分がいけなかったのだ。アレクシオに隠し事をし続け、信頼を裏切って城を抜け出してしまったのだから。

なにより彼は自分のために、心を尽くしてくれた。母のこと。そして危険を省《かえり》みず、凜花を救ってくれたこと――

凜花は声が出ないことをもどかしく思いながらも、感謝の意持ちを込めてアレクシオの手を握り返した。

そのあたたかな感触に吐息をつくと、胸に爽やかな青い匂いの空気が流れ込む。

以前も感じたけれど、この部屋の中には草原の空気に似た風が流れているみたいだ。凜花の心の奥深くにある何かを掻き立てるような、反面気持ちが安らぐような不思議な思いになる。

「空気が他とは違うだろう。……この洞窟は聖域として立ち入り禁止になっている。ここに入れたのは、凜花が初めてなのだぞ」

アレクシオの言葉に、凜花はうなずいた。

「この空気の中で一緒にいたいと思えるのは、それを分かっている凜花だけだ」

干し草の上に横たえられながら耳元で低く囁かれて、その声が胸の奥へとさざ波のように伝わっていく。

――アレクシオ様……。

どんな言葉よりも嬉しくて、胸の中でその名前を繰り返し呼び、震えるような長い息を吐いた。

「……凜花」

アレクシオに名を呼ばれながら唇が重なり、厚みのある舌が歯列を割って口腔に入ってくる。

「……ッ、……!」

その熱い舌の感触に、凜花の麻痺していた粘膜に感覚がよみがえった。

毒薬を飲んだ時、必死に毒を取り除こうとしてくれた黒獅子の舌。

痛みや苦しさよりも、彼まで死んでしまうのではないかと……それが恐ろしかった。

もう大丈夫なのだと、彼の熱く息づく舌がまるで傷つき荒れた口腔を癒すようになぞっていく。

その感触に、凜花の胸に狂おしいほどの愛しさが、奔流《ほんりゅう》のようにあふれ出して——

「……ッ！　……ふ、あぁ…っ」

くちづけられた途端、凜花の唇からあえかな声が零れ落ちた。

その瞬間、アレクシオが驚いたように顔を上げ、凜花の口元を凝視する。

「凜花……今、声が」

信じられない、というように呟くアレクシオに、凜花は涙の浮かんだ瞳を大きく開き、彼の顔を見つめる。

「もう一度、聞かせてくれ」

アレクシオが切なげに眉を寄せ、懇願する。

もしもさっきのは勘違いで、ぬか喜びで……声が出なかったら。そんな思いに一瞬ためらったけれど、彼の乞うようなまなざしに励まされ、凜花はおずおずと口を開く。

「……っ、ぼ……ぼく、こえ、が……？」

ざらざらとした耳障りな音だけれど、確かに己の意思が声となって言葉を紡いでいた。

「あぁ……凜花の声だ」

アレクシオが凜花の首にくちづけ、喉を慰撫《いぶ》するように舌で舐め上げた。

「アレクシオ、さま……く、すぐったい、です……っ」

嬉しさとくすぐったさに、凜花は微笑んで身をよじる。

「……その顔が見たかった」

アレクシオは顔を上げ、凜花の頬を両手で包むとまっすぐに見つめ、深い吐息をつく。

「……すみません、でした……そして、ありがとう……ござい、ます」

声が出たら、一番に言わなければと思っていた、謝罪や諸々の感謝の言葉。

けれど、アレクシオはなぜか不満そうに眉を寄せる。

「謝罪や礼などいらぬ。それよりも……あの時言った、お前の気持ちを聞かせて欲しいのだ」

もどかしげにそう告げられ、彼が何を要求しているのか分からず、凜花は困惑して視線を彷徨わせた。

「忘れたのか？　お前が苦しみながら、伝えようとしてくれたあの言葉……俺は、今でもハッキリと覚えているぞ。声にはならない微《かす》かな息音ではあったがな……」

「……ぁ……」

その言葉に、ようやく彼の言っていることの意味を理解して、凜花の顔が燃えるように火照った。

何も伝えないまま死んでしまうのかと思うとたまらなくて、ままならない喉を振り絞り、必死に伝えようとした言葉。

彼はちゃんと聞き取ってくれていたのだと思うと胸の奥が熱くなり、込み上げる涙で視界がぼやけた。

あの時は、こうして幸せな気持ちでまた抱き合える日が来るなんて夢にも思ってもいなかった。

……だからこそ、きちんと伝えなければ。

「ア、アレクシオさま……好き、です。心の底から……愛して、います」

ザラザラのかすれた声、途切れ途切れの告白。

あの切羽詰っていた時と同じ、これが今の自分の想いのすべてだった。

無言のままじっと見つめられ、恥ずかしさに凜花は首をすくめ、彼の視線から逃れるように目を伏せた。

アレクシオからの反応は何もなくて、ただ彼の息音と鼓動だけが大きく耳に響く。

凜花はますますいたたまれなさと気恥ずかしさを感じて、赤くなった顔をアレクシオの懐深くへと押し込んだ。

「俺もだ。……俺も愛している、凜花」

しばらくして、アレクシオの真摯《しんし》な声が鼓膜を震わせて……、凜花は驚いて顔をはね上げた。

「……ほ、ほんとう、ですか？」

散々迷惑をかけ、思い煩わせてしまったのに、まさかそんな風に言ってもらえるなんて。凜花の瞳にこらえきれずみるみる涙が盛り上がり、そしてこめかみを伝い落ちる。

アレクシオの唇が涙を吸い取り、その唇が首筋をなぞり胸へと辿っていった。

衣服の襟元がはだけられて、あらわになった胸に熱い息がかかる。それだけでまだ触られてもいない胸の先が固く尖ってくる。

「……あ、ぁぁ……、ア、アレクシオ、さま」

隠し事をずっと秘めたままだった胸の中は、いつも何かが固く詰まったように重く、凜花を苦しめ続けた。

だけど今、胸に冷たく圧し掛かっていた塊《かたまり》が柔らかく解れて消えていって……その場所にアレクシオへの想いだけが流れ込み、満ちていく。

この胸いっぱいに満ちるあたたかな想いは、重く塞いでいた塊とは違い、いくらあふれても苦しむことはない。

むしろ嬉しくて、胸がむずむずするような甘い痺れが走って、切なくて……それは凜花が生まれて初めて知る感情だった。

「凜花」

低く吐息まじりに名を呼ばれて、顔を上げるとアレクシオの熱を帯びた瞳と合い、ドキリと鼓動がはねる。

「……アレクシオ、さま……」

凜花は真っ直ぐに彼を見返した。

心の中に相手を想う気持ちだけが詰まった身体は、ただ見つめ合うだけでも、こんなにも熱く高揚《こうよう》していくものなのか。

視線を絡めながら、強引に脱がされるのではなく自然と互いに脱がし合い、生まれたままの姿となる。

逞しい胸に引き寄せられ、そして柔らかく肌と肌を重ね合った。

温かく膨らんだ胸の先にアレクシオの熱い舌が這わされ吸われて、肌が薄桃色に染まる。

「ああ、凜花の、匂いだ……」

アレクシオが凜花の全身に舌を這わせながら嬉しそうに囁いた。

「ぼくの……におい、ですか……?」

「多分俺にしか分からない、お前だけの香り……俺の大好きな匂いだ」

そう告げられて、凜花は気恥ずかしさに首をすくめる。

彼にしか分からない自分だけの匂いがあって、それを好きだと言ってくれるなら、ずっと変わらずにいたい。

「あ、……あぁ」

彼の唇が、舌が、全身に這わされていって、吸われて赤くなったところが痛いほどに火照りを帯びていく。

ふいに顔を上げたアレクシオは、凜花を欲情に濡れた目で見つめると、

「凜花、身体がきつかったら言え」

手に取った香油で丁寧に凜花の固く窄まっている後孔を解しながら囁く。

「……だ、いじょうぶ、です」

凜花も彼と肌を重ねて一つになりたい、彼の熱を身の内に感じたい、そう心が求めていた。

焦れったく感じるほど丁寧に指で解されて挿し込まれた指に感じるツボを刺激されて、凜花は募ってきた熱に耐えきれず、アレクシオに腰をすりつけ、欲しい、と消えそうな声で懇願する。

「……っ、そんな可愛い顔で、そんな可愛いこと言われたら、抑えが利かないだろう」

アレクシオが切羽詰まったように唸ると、凜花の両足を開き抱え上げ、熱くはち切れそうに勃起したものをあてがってぬめりを擦り込むようにゆっくりと後孔へと押し入ってきた。

「んぁ……は、ぁ……っ」

久しぶりに受け入れるアレクシオの欲望は逞しく張りつめていて、押し開かれる苦しさに凜花は息を喘がせる。

けれど凜花の身体の奥の奥まで全部を収めきったアレクシオが満足そうな吐息を吐き、こちらに視線を向けてとろけそうな笑顔を浮かべたのを目にした時、彼への愛おしさが募り、同時にそれは熱情となって身を焦《こ》がす。

「ア、アレクシオ……さまっ」

自分の身体の中でアレクシオの昂ぶりが熱く息づき、彼の息遣いに合わせてどくどくと脈打っていると分かるのが、嬉しくて。

アレクシオは緩やかに腰を動かしながら、凜花の中を掻き混ぜるようにゆっくりと抽送を繰り返していく。

「……っ、あ、あぁ、もっと……っ」

内壁をゆっくりと擦り上げられていくその動きに、凛花の中にくすぶっていた欲望がじりじりと昂ぶっていき、凛花はたまらなくなって腰を揺らめかせアレクシオの下腹部に擦りつけた。

「もっと……擦って欲しいのか」

「……は、い……っ」

凛花は真っ赤になった顔で、それでも消え入りそうな声で返事した。

アレクシオが凛花の腰を抱え上げ、抽送を深く、徐々に激しくしていく。

深みにはまるまいと己を律しようとしていた今までとは違う。身も心も委《ゆだ》ねることで得た目眩のするような鮮やかな快感に、凛花は打ち震えた。

愛しい人にすべて明け渡し、身体を重ねることがこんなにも、狂おしいほどの愉悦をもたらすなんて……。

アレクシオのがっしりと逞しい腰から送り出される律動は巧みで力強くて、凛花の身体は激しい波にさらわれるようにして大きく揺れ動き、湧きあがる官能の波に呑み込まれていく。

「んんっ、あぁ……、王、さま……っ」

凛花はあまりの激しい快感にたまらず、息を乱しながら彼の胸にすがりついた。

「凛花…っ、すごいぞ……熱く絡み付いてきて……お前も感じているのか」

アレクシオが凛花の身体を強く抱き締めながら、とろけるような優しい瞳で見つめてくる。

「……は、い……っ」

その熱情と昂ぶりの激しさを感じ、彼もまた自分を求めているのだと実感して、じわりと凛花の中に悦びが満ちていく。

アレクシオが漆黒の髪を乱しながら、凜花の身体に熱い楔を打ち込んでいく。そのたびに揺らめく灯りがアレクシオの汗ばんだ肌を艶やかに照らし出し、その美しさに凜花は見惚れてしまう。

「あぁぁ……アレクシオ、さま……愛して、ます……っ」

凜花は想いのままそう叫ぶと、怒濤《どとう》のように押し寄せる快感に、身体を痙攣させ、極まった。

達ったあとも快感に疼く内奥を、昂ぶりで深く激しく擦り上げられ、激しく突き入れられて、凜花は身体を震わせ熱い息を切れぎれに零しながら、また露を滴《したた》らせていた。

「凜花……凜花……ッ！」

アレクシオも唸り、凜花の体内深くに熱い飛礫《つぶて》を放つと、ゆっくりと凜花に覆いかぶさってくる。

凜花はその大きな身体を全身で受け止めて、彼の汗ばんだ背を強く抱き締めた。

荒い息を吐きながら余韻に震える彼が愛おしくて、仕方なくて。

「気持ち、いいな……こうして抱き締め合うということは」

「……は、い……」

凜花の想いそのままに告げられて、彼も同じ気持ちだと知って胸の奥が熱くなり、また瞳に新たな涙があふれ出す。

「もう泣くな……俺は、お前に笑っていて欲しいのだ」

アレクシオが涙を唇で拭いながら、凜花を抱き締めた。

彼の言葉に、懸命に涙をこらえ、微笑む。

けれど、涙は止めようもなく次々にあふれ出す。それは、悦びの涙だった。

困ったように笑う彼に、凜花もまた泣き笑いの顔を隠すように彼の胸に寄せる。

まだ整わない呼気と胸の鼓動、互いの肌を流れる汗が一つになって溶け合っていく。

やがて二人は草原の風と匂いに包まれて、ゆったりと眠りに落ちていった。

エピローグ

大陸の南方にある強大な国、バルバロス帝国。

首都を離れた辺境の地を物々しい兵士の一軍が、土煙を上げながら進む。

馬車や兵士の背には、赤い三日月に黒い剣の印、バルバロス帝国の軍旗が強い風にはためいていた。

兵士たちは先頭を切って進む馬上の二人をつかず離れず守るようにして進んでいる。

先頭の黒馬に乗ったバルバロス帝国国王アレクシオがゆったりとマントをひるがえしながら、野を駆ける。

その隣の白馬には、長い髪をスカーフで覆った凜花が乗っていた。

二頭の馬は寄り添うように荒れ野を行く。

今日は王による、年に一度の国内視察の日。

敵国への遠征を繰り返し勝利を重ね、領土を広げてきたアレクシオは、こうして年に一度二、三泊の予定で各地方を訪れては、主に土地の状態や人々の暮らしを視察している。

あの事件によってアレクシオがカルタルの王を討ち、カルタルもバルバロスの支配下に置かれたため、さらに領土が広がり、アレクシオに協力的な異母兄弟たちにもそれぞれ領地を分け与えて管理を任せている。

謀反《むほん》を企てた異母兄ジャーラムとエイキュルの二人は、凜花の命が助かったことで処刑だけは免《まぬが》れたが、今もアレクシオの怒りは収まっておらず、凜花を連れ込んだ古城の牢に幽閉されている。彼らは黒獅子となったアレクシオの恐ろしさを身をもって知り、すっかり歯向かう覇気を失ってしまったようだった。

「しかし、凜花とこうして国内視察に出かけるのも、もう五回目になるな」

まだ乗馬に慣れない凜花を気遣うように手綱を緩め、アレクシオが声をかけてきた。

「はい。初めての時は僕の下手な乗馬のせいでなかなか進めなくて……王様や皆さんにずいぶん迷惑をかけてしまいました」

凜花は当時のことを思い出し、肩をすくめて笑った。

「いや、あれはあれでなかなかに新鮮で、楽しい思い出だ」

明るい笑顔を見せる凜花に、アレクシオが目を細める。

凜花も今は二十二歳の青年となって、相変わらず細身ではあるけれど背も少し高くなった。とはいえ、三十三歳の若き国王の横に並ぶと、その体格の差は以前よりも大きいかもしれない。それほどアレクシオの均整のとれた厚みのある身体と長い手足、そのうえ国王としてますます雄々しく気高さの増してきた勇姿は、見る者を圧倒する魅力にあふれている。

そんな彼が、自分の伴侶だなんて……今でも夢のようで、信じがたいことだった。

毎日のように会っている凜花も例外ではなく、いまだに目が合っただけで胸が震え、触れられれば呼吸が乱れ苦しくて……たぶんこの感覚には慣れることはないだろうと思う。

なのに、アレクシオの独占欲は年を経ても大きくなるばかりで、五年経った今でも、遠征で少し離れているだけで不安になるというほどに、凜花を必要としてくれる。

後宮は事実上廃止され、しかし後宮の姫君たちは自国から人質同然に差し出された者ばかりだったのを考慮して、この国での自由と安全を保障され、バルバロス帝国の民として再出発している。元々選《え》りすぐりの美姫である彼女たちは引く手あまたで、貴族と結婚した者もいれば、才能を生かして事業を立ち上げ自立の道を進む者もいた。

従者たちも姫君たちについていった者もいれば、凜花の下に残ったものもいる。ケイティも、その一人だ。

『まさかあなたが姫様を差し置いてこのバルバロス帝国の王妃になるなんて、ね』

ケイティのからかいを思い出して、凜花は赤くなる。

正式に言えば男である凜花は王妃ではない。けれどアレクシオは凜花を伴侶であると公言し、二人を知る人々は凜花を王妃として認識していた。

凜花を伴侶とすると決めてすぐ、アレクシオは跡取りとしてオシリスを養子として迎え入れた。無邪気に慕ってくれるオシリスは可愛くて、つい甘やかしてしまって、アレクシオに嫉妬《しっと》交じりの苦言を言われ、責められてしまうのは困りものだけれど。

凜花一人で城外へ出ることは固く禁じられてはいるが、それでも約束通り母が王宮へ出入りすることを許可してくれたおかげで、母子水入らずで時間を過ごすことができる。

会うたびに歩行がしっかりしてきた母と、一緒に庭を散歩しながら父の話をする。夢にまで見た母との親子の時間を過ごせるようになったことが感慨深く、凜花の心の支えとなっていた。

それでもやはり広大な野山を自由に歩きたいという思いは抑えがたく、こうして視察に出かけるアレクシオに随行させてもらえる日々は何物にも代えがたいほど貴重で、ずっと心待ちにしていた。初めて見る土地や人々に接するたび、どうしようもなく心が弾むのだ。

アレクシオには国の隅々まで連れ歩くことで凜花を自分の伴侶として認識させる、という意図があるらしいけれど、なによりもこの雄大な自然を二人で共有したいという想いが互いを深く結び付けていた。

「アレクシオ様、今回行く北西部の地域はどんなところなんでしょうか」

凜花はアレクシオの横に馬を並べながら、荒涼とした平野の先に横たわる山脈を眺めた。

「そうだな。隣国との国境にある山岳地帯だが、十数年前は敵国の領地だった地だ。年寄りの中には俺を仇《かたき》のように恐れ嫌う者もいる、そういう場所に行く時は充分用心しなければな。凜花、俺の傍を離れるな」

アレクシオの言葉に、強国の王としての覚悟と厳しさを感じて、凛花は息を呑む。

「だが何も恐れることはない。凛花、お前は必ず俺が守る」

力強くそう言ってくれる彼に、凛花の胸はきゅっと引き絞られるように甘苦しく痛む。

太陽王として国民の尊敬と崇拝《すうはい》を一身に集めながら、一方では恐怖の代名詞として恐れられているアレクシオ。

『政《まつりごと》をする人間が恐れられなければ、人々は命令や戒律を守ろうとはしない。畏怖されてこそ指導者なのだ』

そう平然と言う彼は自信に満ちあふれ揺るぎないけれど、以前にもバルバロス軍の姿を見ただけで慌てて隠れる人々を見たことがあり、凛花はひどく哀しく、いたたまれない気持ちになった。

アレクシオと会う前は自分も同じように恐れていた。けれど今は誰よりも民を思い、国を守るために戦っているのだと思い知ったから——

「それよりも、これから行くところはきっとお前も気に入ると思うぞ。山麓《さんろく》のわずかに平らな土地にいくつかの集落を造り、人々が田を耕《たがや》し羊や鶏を飼って暮らしているのどかな地だ」

「はい……嬉しいです。なんだか風景が浮かんでくるみたいだ」

気分を変えるよう話題を振られ、凛花は彼の思いやりに涙ぐみながらアレクシオに笑いかけた。

歳月を経ても変わらない郷愁のようなものが、温かく胸を浸す。

ほんの数年前、父と二人で旅をしていた時は、山間の小さな集落や砂漠地帯の少数民族が寄り集まっている地域、医者や診療所のない村を巡り、病気や怪我を治療し僅かな報酬や食料を得ていた。こうした厳しい自然の中ほど質のいい薬草や薬効のある鉱石が採れるんだと言って、薬材探しに張り切っていた父を懐かしく思い出す。

だからアレクシオに連れていってもらう地方の広大な砂漠地帯や荒れ野など、馬や馬車を連ねての行程は大変だけれど、視察の合間に薬材探しのできる辺境《へんきょう》への旅は凛花にとって大きな楽しみでもあるのだ。

それでも道なき道を進むのは大変で、荒野を横切り水が湧く草原に出る頃には太陽も西に沈みかけていた。

水辺の平らな場所に兵士たちが馬車から荷物を降ろし宿営の準備を始めた。天幕を幾張りも設営し火を燃やし食事の用意をする。

自分たちがいたら気を遣わせるだろうと、アレクシオは凛花を連れて少し高い岩場に登り並んで腰を下ろした。

草原を渡ってくる心地よい風に吹かれながら、夕陽があたり一面を赤く染めていく荘厳な風景を目の当たりにして、凛花は息を呑む。

「凛花、寒くはないか」

「いえ、大丈夫です」

そう答えたものの、彼がマントを広げ凛花を包むようにして抱き寄せられると、ぬくもりに包まれる幸せに心が熱くなる。

オシリスにも見せてあげたい、と王宮で待っている可愛い仔獅子のことを思いつつも、アレクシオに言えば「二人きりが不服なのか」と嫉妬されるのだろうな、と苦笑する。

どのみち、大きくなればオシリスも様々な遠征についていくことになるだろう。そうすれば今度は凜花が帰りを待ちながら心配する番なのだけれど。

「ああ、空気が澄んでいるから、もう星が見えます……」

凜花はアレクシオの腕の中で、刻々と移り変わる空の色と海のような草原を見渡した。

「アレクシオ様にお供をさせていただけるおかげで、またこうして美しい風景や珍しい動植物を見ることができて、本当に幸せです……ありがとうございます」

凜花は心から感謝の言葉を述べた。

「いや、凜花のおかげで、思いがけず地中に眠っている鉱物や陶土《とうど》、石膏の層を見つけることができたのだ。今までは交易に頼らざるをえなかった資源の一部が我が国で産出できるようになった。その経済的効果は大きい。こちらこそ、礼を言わなければな」

反対にそんな言葉をもらって、凜花は涙が出るほど嬉しかった。

過去四回の視察に同行して、外傷治療に欠かせない薬効のある石膏の層を探していて、白色《はくしょく》陶土の厚い層を見つけたり、涸れた川床から沈積した砂金が埋まっているのも見つかった。

新しい資源が産出されれば大勢の労働力や設備が必要となる。

アレクシオはすぐさま採掘、運搬、窯《かま》や工房の手筈を整えて、それぞれの作業従事者や技術者を広く集め、奴隷として拘束されている自由民たちを解放させ、その人間の技能に合った職業に就かせ、希望する者には未開地を開墾させ、その土地を与えるという法令を公布した。

もちろん先王からの重臣や自由民に偏見を持つ高官、奴隷として使用して多大な利益を得ていた富豪など強硬に反対を唱《とな》える者も大勢いたが、アレクシオの厳然とした態度に逆らえる者はいなかった。

感性豊かで手先の器用な自由人たちは植物からの工芸品、陶器やタイルの製作、鉱物から作る装飾品製作などにその優れた芸術性を発揮して、その実績は国内外から高く評価され反対派からも見直されつつあるらしい。

「時勢の流れに合わせて法規範を改めていくのは国の長の役目だ。しかし、歴史の中で創りあげられた法律や戒律を書き換えていくのには大変な労力と時が必要だ。……その覚悟はできている」

アレクシオの深い思いと強い決意に、凜花は言葉を失っていた。

「だが、時には迷い方向を見失う時もある。凜花、そうならないよう力を貸して欲しい」

「……アレクシオ様……僕はずっとお傍にいても、いいのですか……？」

自由民である凜花が王妃のような扱いを受けていることに、眉をひそめる者もいまだに多くいるだけに、不安だった。

「ああ、新しく国を創りあげていくのは大変な仕事だぞ。生涯俺の傍にいて、一緒に手伝ってくれ」

けれど力強く言い切ったアレクシオのその言葉に、心が震えた。

アレクシオの「才能のある者に広く活躍の機会を」の号令により、ナーセルや奴隷だった自由民たちが凜花の下でその多彩な才能を生かし、生活を豊かにしていくに従って、自由民の存在が次第に人々に受け入れられてきた。

自由民の自分が、この国にいてもいいのだと。国王と共にいてもいいのだと……みんなにそう思ってもらえるためならば、どんな苦難が待ち受けていようが必ず乗り越えてみせる。

彼の傍にずっといさせてくれるのならば、なにも怖くはない。

「ありがとう…ございます……っ」

涙声でそう言った凜花の肩が抱き寄せられて、そっと唇が合わせられた。

優しいくちづけを与えられて、ほどよく疲れている身体がほんのりと熱くなる。

凜花の腰に回っていたアレクシオの手に力がこもったその時、

「お食事の用意が整いましたっ！」

炊事当番兵の呼ぶ声が聞こえ、二人はふっと顔を見合わせ笑った。

「明日は山越えだ。今夜はしっかりと腹ごしらえして、じゅうぶんに休まねばな」

「はいっ」

アレクシオに手を引かれて暗い岩場を下り、篝火《かがりび》が赤々と照らす宿営の大きな天幕を目指して歩く。

「ああそうだ、帰りにイシュリに立ち寄って一休みしよう」

思いついたようにそう告げられて、凜花の足が止まる。

「あ、あの、母のところに……イシュリに寄っても……いいのですか？」

また母に会える。胸の高鳴りを抑えながら、高い位置にあるアレクシオの瞳を見つめた。

「どうせ帰り道だ。東の峠を越えれば近い。一度父親の墓参りもしておいたほうがいいだろう」

「……はい。ありがとうございます……！」

母の強い希望で、父の遺骸《いがい》を荘園の片隅に埋葬し直したと聞かされたのは三年前。けれど、一人での外出を禁じられている凜花は気になりつつもまだ訪れたことがなかった。

父のことを忘れたことなどない。けれど、罪を犯しこの国を出た自由民である父のことを口に出すことはできずにいたから、アレクシオのほうからそんな風に言ってもらえたことが涙が出るほど嬉しかったのだ。

凜花は感動のあまり、アレクシオの手を強く握ったまま立ち尽くす。

「どうした、疲れて歩けなくなったのか。しょうがないヤツだな、どれ」

「だ、大丈夫です。疲れてなんていませんっ」

抱き上げようとしてくる彼に照れ、凜花は恥ずかしさを誤魔化《ごまか》そうと天幕を目指し走り出した。

四方に立てられた篝火が赤々と燃え、あたりに美味しそうな匂いが漂っている。

「ふむ。元気が余っていそうだな。夜が愉しみだ」

背に投げかけられた言葉に、凜花の足がぴたりと止まりアレクシオを振り返る。

「ッ……王様、さっきは明日は山越えだから、充分に休まなければと仰ったではありませんかっ」

「そうは言ったが、お前を抱かないと言った覚えもない」

「……足腰が立たなくて、足手まといになっても知りませんよ？」

「大丈夫だ。もし凜花が疲れたら、抱いて俺の馬に乗せていってやろう」

恥ずかしさに真っ赤になって言い返す凜花の声と、アレクシオの楽しそうな声が吹き渡る草原の風に乗って、やがて満天の星空へと吸い取られていった――

あとがき

初めまして、もしくはこんにちは。眉山さくらと申します。

『黒獅子』は架空の生物です。でも某CMでリアルな（といってもCGですが）黒獅子を見た瞬間、「格好いい！」ってビビッときて、書くことに決めました！

凛花のモデルとなった大陸を旅する流浪の民、というのにもロマンを感じていて、前々から書いてみたいと思っていたので、とてもうれしかったです。

同じくモデルとなった地域の民族衣装も本当に美しく華やかで、見ているだけでも幸せでした。

「王と奴隷」というある意味究極の身分差萌え、そして黒獅子という幻想的な生き物との異種間恋愛…というロマンと憧れをぎゅぎゅっと詰め込みました！

いっぱいのもふもふ&ちみっこを書くのも、とっても楽しかったです♪

黒獅子の堂々とした風格、孤高のイメージに見合う攻め、そしてしなやかで生命力にあふれる受けを目指しました。皆様にうまく伝わっているとよいのですが……。

そして美しくも雄々しい『黒獅子』アレクシオと、凛として生命力にあふれる『漂泊の民』凛花を見事に表現して、助けてくださいました、小山田あみ先生。

今回も素晴らしいイラストで拙作を彩ってくださって、本当にありがとうございます……！

確かな画力に裏打ちされたリアリティあふれる男の色香は、本当に匂い立つようで……圧倒されてしまいます。ラフなども宝物として大切に保管しております。

また機会がありましたら、ぜひよろしくお願いいたします！


担当様には、今回も色々とご迷惑をおかけしてしまい、申し訳ありませんでした。

担当交代で、今回で一緒にお仕事するのは最後ということで……今までで一番付き合いの長い担当様だっただけに、残念で、寂しくて……うまく言葉にできないのですが、本当に、本当にお世話になりました……！　教わったことを糧にして、これからも頑張りたいと思います！

そして新しい担当様。いまだに未熟なところが多く、ご迷惑をおかけしてしまうかもしれませんが、精進いたしますのでこれからどうぞよろしくお願いいたします。


最後に、読者の皆様。よい日も悪い日もあって、楽しいことばかりではありませんが、読んでいる間はそんな日常の疲れなどをひと時でも忘れて楽しんでいただけたらうれしいです。

ではまた、次の作品でお会いすることを、切に願って——

眉山さくら

初出一覧

黒獅子王の隷《れい》妃《き》　／書き下ろし

ビーボーイ小説新人大賞募集!!

「このお話、みんなに読んでもらいたい!」
そんなあなたの夢、叶えませんか?

小説b-Boy、ビーボーイノベルズなどにふさわしい小説を大募集します!
優秀な作品は、小説b-Boyで掲載、もしかしたらノベルズ化の可能性も♡

努力賞以上の入賞者には、担当編集がついて個別指導します。またAクラス以上の入選者の希望者には、編集部から作品の批評が受けられます。

大賞…100万円+海外旅行

入選…50万円+海外旅行

準入選…30万円+ノートパソコン

佳　作　10万円+デジタルカメラ
努力賞　5万円
期待賞　3万円
奨励賞　1万円

※入賞者には個別批評あり!

◆募集要項◆

作品内容

小説b-Boy、ビーボーイノベルズ、ビーボーイスラッシュノベルズなどにふさわしい、商業誌未発表のオリジナルボーイズラブ作品。

資格

年齢性別プロアマを問いません。

注意!
・入賞作品の出版権は、リブレに帰属します。
・二重投稿は堅くお断りします。

◆応募のきまり◆

★応募には「小説b-Boy」に毎号掲載されている「ビーボーイ小説新人大賞応募カード」(コピー可)が必要です。応募カードに記載されている必要事項を全て記入の上、原稿の最終ページに貼って応募してください。
★締め切りは、年1回です。(締切日はその都度変わりますので、必ず最新の小説b-Boy誌上でご確認ください)
★その他の注意事項は全て、小説b-Boyの「ビーボーイ小説新人大賞募集のお知らせ」ページをご確認ください。

あなたの情熱と新しい感性でしか書けない、
楽しい、切ない、Hな、感動する小説をお待ちしています!!

世界の乙女を幸せにする小説雑誌
小説ビーボーイ
b-Boy
読み切り満載！
3月, 9月
14日発売
A5サイズ
多彩な作家陣の豪華新作、
美麗なイラストがめじろおし♥
人気ノベルズの番外編や
シリーズ最新作が読める!!
イラスト／蓮川 愛
ビーボーイ編集部公式サイト
http://www.b-boy.jp
雑誌情報、ノベルズ新刊、イベント
はここでお知らせ！
小説ビーボーイ最新号の試し読みもできるよ♥
イラスト／笠井あゆみ

ビーボーイスラッシュノベルズを
お買い上げいただきありがとうございます。
この本を読んでのご意見・ご感想をお待ちしております。

〒162-0825　東京都新宿区神楽坂6-46
ローベル神楽坂ビル4F
株式会社リブレ内　編集部

アンケート受付中
リブレ公式サイト　http://libre-inc.co.jp
TOPページの「アンケート」からお入りください。

SLASH
B-BOY NOVELS

黒獅子王の隷妃《れいき》

2017年9月20日　　第1刷発行

■著　者　　眉山さくら

■発行者　　太田歳子
■発行所　　株式会社リブレ

〒162-0825　東京都新宿区神楽坂6-46　ローベル神楽坂ビル
■営　業　　電話／03-3235-7405　FAX／03-3235-0342
■編　集　　電話／03-3235-0317

■印刷所　　株式会社光邦

Printed in Japan
ISBN 978-4-7997-3446-9